Alissa Walser

EINDEUTIGER VERSUCH EINER VERFÜHRUNG

Carl Hanser Verlag

1 2 3 4 5   21 20 19 18 17

ISBN 978-3-446-25454-1
© Carl Hanser Verlag München 2017
Alle Rechte vorbehalten
Satz: Fagott, Ffm
Druck und Bindung: Friedrich Pustet, Regensburg
Printed in Germany

JE MODERNER DIE MODERNE WELT WIRD,
    DESTO UNVERMEIDLICHER WIRD DIE ERZÄHLUNG.

Odo Marquard, *Philosophie des Stattdessen*

WIE SIE TICKT

Es hat lange gedauert, bis ich sie traf. So lange, dass ich inzwischen denke: Hätte ich sie früher getroffen und nicht erst jetzt, da ich, wie es heißt, im besten Alter bin und sie wahrscheinlich nur etwas jünger, ich wüsste nicht, wer ich bin. Aber wo, wenn nicht an dieser überlangen Theke und so kurz vor der Spätvorstellung eines Films, in den wir ja ursprünglich gar nicht gehen wollten, hätten wir uns sonst treffen sollen? Ich, weil ich eigentlich auf *Die Nacht, der Tag* eingestellt war, der im Rahmen einer Chantal-Akerman-Retrospektive im kleinen Saal gezeigt wurde und für den ich dann keine Karte mehr bekommen hatte, und sie, weil sie, denke ich, nur ins Kino gegangen war, um mich zu treffen – mich, die ich nicht einmal wusste, was ich von mir wissen wollte.

Als ich fünfzehn war, wollte ich alles wissen. Von mir und auch von meiner um drei Jahre älteren Cousine, die zeitweise bei uns wohnte. Um alles, was sie erlebt hatte, fühlte ich mich betrogen. Ich weiß nicht, ob es daran lag, wie sie erzählte, oder daran, was ich aus ihren Geschichten herauslas: Die drei Jahre Unterschied waren zu viel, zu lang wie ein zu langes Leben. Ich spürte, die drei Jahre, die sie mir voraushatte, waren nicht einzuholen. Aber mit der Zeit schrumpften sie schließlich doch, sie verflüchtigten sich, lösten sich auf. Was es zwischen uns aber auch nicht einfacher machte.

Als ich durch die Tür ins Foyer trat, fuhr der Nachtwind in das auf dem königsblauen Teppichboden verstreute Popcorn wie eine Sturmböe in eine verschlafene Wochenendsegelregatta. Die uniformierte Bedienung führte Selbstgespräche, die Popcornmaschine flackerte matt, ihre Lackierung erinnerte mich an die Londoner Telefonzellen des vergangenen Jahrhunderts. Und die zwei starken Arme der *Miss-Cool*-Eismaschine rührten und rührten so unermüdlich ihre cyanblauen und magentaroten Massen in zwei sich einander umkreisenden transparenten Containern, dass ich mir schon auf dem Weg zur Kasse hypnotisiert vorkam.

Die Frau stand direkt vor mir, orderte einen großen Becher salziges Popcorn mit Butter, und mein Blick schlich an ihren Beinen abwärts zu ihren nackten, breiten und sehr gepflegten Füßen in goldenen Plateausandalen. Kurze Zehen und schwarzviolett lackierte Nägel, dachte ich, und dass es sich auf solchen Füßen bestimmt bequem und gut gefedert durchs Leben gehen lässt. Genau solche Allgemeinplätze sind es, mit denen ich mich verbünde, wenn ich teuer und körperbetont gekleideten Menschen begegne. Sie wirken auf mich wie *Miss Cool*. Ich kann sie mir nicht vorstellen mit Rückenschmerzen oder den unzähligen Handicaps, die sonst bei jeder Gelegenheit thematisiert werden.

Zum Beispiel war ich mal auf eine Dachterrasse im Frankfurter Westend eingeladen, ich wusste nicht, wohin mit mir und mit meinen Händen, und nahm mir zwei Miniflaschen dänisches Bier vom Tablett. Der Einmeterneunzig-Junge vom Service, dem ich einen Bandscheibenvorfall prophezeite, flüsterte: »140 Euro pro 0,25.«

Ich war hin und weg und setzte mich möglichst unauffällig zu drei Frauen, die sich in Outfits, die sie in Lissabon gekauft hatten, darüber unterhielten, was sie am Tag in der Goethestraße gekauft hatten, um am Wochenende artgerecht beim Shoppen in Mailand aufzutreten.

Auch wenn mir das Alphabet der Kleidermarken nicht viel sagte, so konnte ich doch etwas anfangen mit Goethe oder mit Lissabon. Und sofort dachte ich an Heinrich von Kleist, die Geschichte hinter der Geschichte des *Erdbebens in Chili*.

Warum wollte ich ihr das erzählen? Weil es eben kein dunkles Loch in mich gerissen hatte, so wie ein Kinobesuch das tut, gleichgültig, zu welcher Tageszeit.

Auf jeden Fall, weil ich sie gern gefragt hätte, ob es ihr auch gehe wie mir, während sie den übervollen Becher Popcorn am ausgestreckten Arm über die Theke schwenkte und über mich hinweg, während sie mir in die Augen blickte, oder ich ihr, und ich mich spontan für eine kleine Flasche Wasser ohne alles entschieden hatte.

Außer uns war niemand da. Und als ahnte sie, dass wir ein Ticket für denselben Film in der Tasche hatten, sagte sie: »Definitiv zu viel für eine allein«, und ihr Lächeln war, auch wenn sie es bestreiten würde, nichts als eine Aufforderung, mir zuzuhören. Aber was sollte ich schon sagen. Vielleicht: Vorsicht, das Popcorn schwappt über.

Sie schaute auf das Plakat hinter mir, sagte, wegen dem sei sie hier, allein das habe sie hergelockt, das Plakat, nicht die Rezensionen im Internet. Ich sagte, bei mir sei es etwas komplizierter. Und sie, sie habe alle Versionen von *Godzilla* gesehen.

»Wieso *Godzilla*?«, fragte ich.

»*Godzilla*, so ein Quatsch«, sagte sie, »natürlich *King Kong* … peinlich.« Jetzt habe sie Godzilla mit King Kong verwechselt, wahrscheinlich weil sich Godzilla auf Gorilla reime. Das Original habe sie in den Neunzigern im Filmmuseum gesehen und nach und nach alle Remakes weltweit.

Ich sagte, im Gegensatz dazu sei ich schon lange nicht mehr im Kino gewesen. Nicht, dass es mich nicht interessiere, doch habe die Zeit gefehlt. Und wenn nicht, dann halte mich die Angst davor ab, der Film würde ein Loch in meine Zeit reißen, das ich nur noch schwer flicken könne.

»Hast du *Planet der Affen* gesehen?«, fragte sie.

»Nein«, sagte ich, »du?«

»Klar«, sagte sie. »Ich heiße übrigens Linda.« Und ja, sie verstehe schon, was ich da gerade gesagt hätte, aber andererseits könne man es auch weniger dramatisch betrachten, ihr komme es immer wie ein Geschenk vor, wie ein Stück vom anderen Ende der Zeit.

Ich sagte, mein letzter *King Kong*, von dem ich nicht mal wisse, aus welchem Jahr er stamme, sei so lange her, dass mir heute wahrscheinlich eine völlig andere Geschichte begegne.

»Sorry«, sagte das Mädchen hinter der Theke. »Sorry, aber es müssen wenigstens fünf Karten verkauft sein, damit es sich überhaupt lohnt, die Projektoren anzuwerfen.«

»Was soll's«, sagte ich, während Linda ihr Handy hervorholte, sich entschuldigte, die Kopfhörer ins Ohr steckte und in Richtung Ausgang tänzelte.

Ich sah sie zuhören, gestikulieren, »Scheiße« sagen und »Kein Problem«. Zeit sei kein Problem, nie, und vor allem nicht einfach mal so von heute auf morgen zu lösen. Aber sie würde es sofort regeln. »Okay, bis gleich.« Und: »Okay, okay.« Dann tat sie das, was ich noch immer *auflegen* nenne, ließ das Handy in ihrer linken Hosentasche verschwinden und zog aus der rechten drei Geldscheine.

»Sind leider etwas spät dran, meine Freunde. Aber bis zum Ende der Werbung werden sie es sicher schaffen, glauben sie zumindest«, sagte sie und ließ drei Karten für die, die sie eben angerufen hatte, zurücklegen.

Wir setzten uns in die zehnte Reihe, Platz 12 und 13, die Mitte der Mitte. Ich kramte in meiner Tasche, riss ein Blatt von meinem Notizblock und schrieb ihr meine Telefonnummer auf, damit sie beim nächsten Mal auch mir Bescheid geben könnte.

»Erzähl, was dich erwartet«, sagte sie.

»Nein, du«, sagte ich, »fang du an, du bist die Jüngere.«

NACHTIGALL

Viele Jahre habe ich in der Innenstadt gelebt. Immer, wenn die Jahreszeiten wechselten, habe ich mir gesagt: Zeit, dass du rauskommst. Die Jahreszeiten, du willst mehr von ihnen, willst ihre ganze Wucht. Glutvolle Endsommer. Wild durcheinanderwehende Blätter im Oktober. Rauhreifweiße Nebel im November und dunkle, schneeschwangere Himmel. Tiefer, stiller Winter. Wo zeigt sich das, wenn nicht im Umland?

Eigenartiger Grund, eine Stadt zu verlassen. Vielleicht gibt's ja noch andere Gründe, von denen ich nichts weiß. Das nicht Gewusste von heute sind die Gründe von morgen.

Alte Bekannte begrüßen mich neuerdings mit »Ach, hallo, ich hab gehört, du bist rausgezogen? Aufs Land«.

Land ist ein weites Feld. Ich gehe jeden Tag spazieren.

EDEKA, Gewerbegebiet, Flüsschen. Auen hinter dem Bahn-Viadukt. Ich wollte schon lange mal nachschauen, wer es wann gebaut hat.

Die anschließenden Wiesen sind nicht Naturschutz-, aber Vogelschutzgebiet. Ich wollte schon lange mal nachschauen, was den Unterschied ausmacht.

Auf dem Feld wächst eine Pflanze, die ich vom Sehen kenne. Die Blätter ähneln Kohlrabi, aber es ist kein Kohlrabi. Ich wollte schon lange mal nachschauen, wie die Pflanze heißt.

Unten am Fluss lebt eine Nachtigall. Ich habe sie nie gesehen, aber gehört. Ich wollte schon lange mal nachschauen, wie Nachtigallen aussehen. Die Stimme der Nachtigall im Vergleich zu den anderen Vögeln klingt ungefähr so, wie der New Yorker Sänger Ira Biegeleisen mir auf die Frage »What makes a good singer?« einmal geantwortet hat. »You can tell a good singer very easy. It's like someone just took out your earplugs.« Die Nachtigall klingt voller als eine Amsel, kerniger als Taube und Kuckuck, größer als eine Feldlerche und lieblicher als ein Eichelhäher. Wenn die Nachtigall loslegt, gehen mir die Ohren auf.

Jenseits des Flüsschens liegt ein Wald. Der höchste Baum im Wald ist der Handymast. Ich möchte ihn immer links liegen lassen, doch der Handymast liegt immer rechts von mir. Ich übersehe ihn mit Absicht. Die Formulierung *übersehen* ist mir lieber als *wegschauen*. Beim Übersehen verschwindet das zu Sehende nicht vollkommen, es wird aber mit Absicht ausgeblendet. Wird eine Leerstelle, die auf ihren Namen zusammenschrumpft.

Komische Vorstellung, einen Funkmast als Leerstelle auszublenden.

Ich sage mir: Gegen Handymasten ist im Moment kein Kraut gewachsen.

In der Innenstadt, deren Türme vom Kamm des Waldes aus am Horizont zu sehen sind, werden Vogelstimmen digital eingespielt. Beschallung mit balzenden oder kriegerischen Vogelstimmen beeinflusst das Kaufverhalten. Positiv.

Wenn der Naturschutzbeauftragte des Landkreises bei jeder Gelegenheit sagt: »Sehen Sie, bei uns ist sogar die Nachtigall wieder heimisch«, schauen alle weg von den steigenden Immobilienpreisen, den morschen, unbewohnten Fachwerkhäusern an der Durchgangsstraße, den Umgehungsstraßen, die die Landschaft zersägen, von den rauschenden Keilen der Kraniche, die auf immer denselben Wegen hin und her durch die Jahreszeiten ziehen.

FLUXUS

Aus der Stadt kam eine Freundin, brachte drei Pflänzchen Goldlack mit, selbst auf der Fensterbank gezogen, die Wurzeln in feuchte Papierhandtücher gerollt. Wir legten sie auf die Terrasse in die Abendsonne und gingen in die Küche. Ich sagte: »Ich will einen geeigneten Platz für die Babys finden.« Sie sah sich um. »Schön habt ihr's hier.« Sie stand zwischen Herd und Kühlschrank und schaute die Wand an, sagte: »Ach.« Lachte, suchte ihre Lesebrille. Ich wollte wissen, was sie so witzig fand. An der Wand hing nichts als eine Mottenfalle, auf der vereinzelt tote Motten klebten. Sie hielt inne, streckte, während sie sich nach ihrer Lesebrille abtastete, den Hals vor. Sie hielt die Falle für ein Kunstwerk.

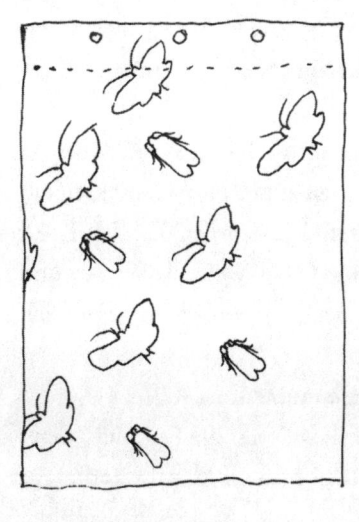

DER VERZWEIFELTE VERSUCH,
DIE ZEIT TOTZUSCHLAGEN

Gestern kamen Bekannte zum Kaffee. Ein Pärchen in unserem Alter (weit über vierzig). Sie hatten nichts mitgebracht.

Wir hatten Gott sei Dank Kuchen gekauft, und ein Stück selbstgebackener lag auch noch im Kühlschrank.

Sie traten ein und setzten sich sofort an den Tisch. Auf meine Frage wollten beide lieber Wein als Wasser, und der Mann, der einen Hut trug und aufbehielt, sagte: »Ich glaube, es zieht.«

Ich rannte, warf die Balkontür zu.

Zurück am Tisch fiel mir auf, dass die Frau sich, wenn sie sprach, ausschließlich an meinen Mann wandte. Sie lobte den Kuchen, den ich gebacken hatte, und blickte dabei ihn an. Ich fragte mich, ob ich etwas falsch gemacht hatte. Ich kam mir wie ausgeblendet vor. Ich fing an, lauter zu sprechen, und versuchte, ihr bei jedem Wort direkt in die Augen zu schauen. Doch ihr Blick hing fest, streifte mich allenfalls.

Sie hatten Bilder mitgebracht. Ausdrucke ihrer auf den Handys gespeicherten Urlaubsmomente. Der mit Hut erklärte zu jedem Bild, was darauf zu sehen war. Kleine Geschichten um sie und ihn. Text und Bild. Manche langweilig. Zusammen waren sie natürlich nie abgebildet. Eine Großaufnahme zeigte die Frau am Strand.

»Sie macht Schmuck«, sagte er. »Sie muss immer was tun. Sie hält es keine Sekunde lang aus, nichts zu tun.«

Das war der Moment, in dem sie zum ersten Mal ihren Blick auf mich richtete. Während sie mich ansah, als würde sie mich durchschauen, fasste sie sich an den Hals, nahm das schimmernde Ding, das dort hing, zwischen zwei Finger und hob es hoch.

Ich sah es baumeln und sagte reflexartig: »Wie schön.«

Sofort griff sie sich in den Nacken, öffnete ihre Kette, fädelte das kleine Teil ab und hielt es mir hin.

»Kette musst du selbst besorgen«, sagte sie, »aber den Anhänger schenk ich dir.«

Ich nahm das Ding aus Perlmutt und Plastik und Seegras und Sand, zusammengehalten von einem Kupferdraht und zwei Tropfen Klebstoff, die sie schwarz angemalt hatte und die wie Augen aussahen. Mir fiel Godzilla ein. Sein verzweifelter Versuch, endlich, endlich die Zeit totzuschlagen.

DIE LANGEN SCHATTEN
DER WÄLDER

Am Automaten löst sie eine Tageskarte. Sie muss in die Stadt zu einem Termin, einem beruflichen, von dem einiges abhängt. Vor allem, wie viel sie im nächsten Jahr verdienen wird. Zuspätkommen wäre fatal.

Sie läuft zum Bahnsteig hinüber und wartet auf den Sechsuhrzug. Allmählich wird es hell. Sie schaut des Gezwitschers wegen nach den Vögeln und versucht, die Wartenden zu zählen. Will wissen, ob es schwer wird, einen Sitzplatz zu ergattern.

Der Zug hält so ungünstig, dass sie genau in der Mitte zwischen zwei Türen steht, und als sie sich öffnen, bilden sich sofort Trauben von Menschen. Vierzig Minuten Stehen wäre kein guter Einstieg in den Tag.

Sie hat Glück. Direkt neben der Tür ist ein Platz frei. Sie klappt die Sitzfläche runter, setzt sich, schaut aus dem Fenster. Wohnsiedlungen, beidseits der Gleise. Zynische Interpretationen des Begriffs *Mehrfamilienhaus*. Effektiv gedacht und den Zuvielen auf den Leib geschnitten. Man darf es nicht sagen, denkt sie, aber bauen darf man es. Zwischen den Dörfern laugen endlose Monokulturen von Raps und Mais die Böden aus. Die Rettung der Bauernwirtschaft durch die Bioenergieindustrie. Für die Häuser ist der Mensch eigentlich zu groß, für die Felder drumherum auf jeden Fall zu klein.

Parallel zu Landstraße und Gleis hockt, kaum zu entdecken, leicht unter dem Horizont eine Handvoll fensterloser, graugrüner Baracken. Sie hätte schwören können, sie im letzten Spätherbst *graubraun* genannt zu haben. An der nächsten Abzweigung von der Landstraße ein verwittertes Richtungsschild: *Weidenhof.*

Durch das Dorf, in dem sie wohnt, fährt einmal die Woche ein Lieferwagen. Eine mobile Theke. Dann hört sie eine halbe Stunde lang, wie sich die elektronische Kopie eines Marktglockengebimmels nähert. Dann beginnt ihr Hund zu bellen und steckt den Nachbarhund an. Die Gartentore quietschen in den Angeln, und zwischen den Koniferen taucht die bunte Comicfigur eines lachenden Truthahns auf – in seiner riesigen dottergelben Sprechblase die moosgrün geschwungene Schreibschrift *Weidenhof.* Im Kleingedruckten, so klein Gedruckten, dass es vom Haus aus wie eine das Hauptwort unterstreichende Linie aussieht, steht: *Geflügelteilehandel.*

Eine Entfernung, die sie zu überbrücken hat, ist ihr ein Horror. Vom Fenster, in dem die Ferne an ihr vorbeifährt, zieht sie sich zurück in ihre *Oversize*-Kapuze, in ein paradiesisches Ineinander von biologischer Landwirtschaft und günstigem Erzeugermarkt, gutem Arzt und hingebungsvollem Liebhaber, Deutscher Bibliothek und Programmkino, ICE und Flughafen, verschanzt sich in ihrer Wunschwelt, in der es nicht so hinter- und nach- und durcheinander zugeht wie in ihren Gedankenblitzen, die sie nicht zu fassen bekommt, die vorbeirauschen wie die Rufe der Wildgänse im Flug und die Keile der Kraniche auf ihrem Weg nach Mecklenburg – als Spiegelung in den riesigen Pfützen, die auf den plattgewalzten Äckern stehengeblieben sind.

Am späten Nachmittag sitzt sie im Zug nach Hause. Das Gespräch lief optimal. Sie wird gut über die Runden kommen im nächsten Jahr. Sie schaut gelassen zum Fenster hinaus. Die Landschaft kommt ihr entgegen. Die sinkende Sonne verwandelt die Felder in kleinere Einheiten aus Licht und Schatten. In einer der Senken stehen Reiher, auf einem Feld Rehe. Und wie der Weizen seit heute Morgen wieder gewachsen ist. Und die langen Schatten der Wälder und die der Windräder. Und natürlich, auch die Felder zu ihren Füßen dürften nicht kleiner sein.

U-BAHN

Du verschwindest wie ein Seehund im Wasser, eine Taube, nein ein Star im Schwarm. Du nimmst von den vielen die sieben Nächsten wahr. Sie bestimmen deine Bewegungen, wie du die ihren. So lässt du dich schlucken von der wogenden Masse, dem einen Ziel am Ende der vielen Wege. Du steigst hinab und bist einverleibt. Die Menge fügt dich in ihr Menschenbild. Ein Muster wie ein Märchenbild. Das Muster ändert sich ununterbrochen. Es ändert sich nichts, und es ändert dich, und du änderst das Muster, du änderst das Bild. Aber du siehst es nicht und stichst nicht heraus.

HIGH NOON

Sie steht im Supermarkt an der Fischtheke: Fische aus dem Pazifik, aus der Nordsee, aus dem Victoriasee und Fische ohne Herkunftsangabe. Friedlich, nebeneinander, auf Eisgranulat.

»Welcher soll's denn sein?«, fragt die Verkäuferin.

»Forelle?«, fragt sie zurück.

»Heute leider nein«, sagt die Verkäuferin.

»Ist der Victoriasee ein Meer oder ein See?«

»Na, ein See, glaube ich«, sagt die Verkäuferin. »Sonst würde es ja nicht *Victoriasee* heißen.«

»Wissen Sie, ich bin Allergikerin«, sagt sie. »Wenn es aus dem Meer ist, können Sie gleich den Notarzt rufen.«

»Ach«, sagt die Verkäuferin und »Aha« und »Tja, warten Sie mal ...« Sie blättert in einem Schnellhefter. »Hier steht dazu leider nichts.« Sie empfiehlt, auf Nummer sicher zu gehen.

»Und das heißt was?«, will sie wissen.

»Na, nehmen Sie lieber ... oops, Süßwasserfisch gibt's heute keinen. Gegen was genau sind Sie denn allergisch?«

Sie zögert, überlegt, wirft der Verkäuferin einen Blick zu, wartet und sagt leise: »Meeresfrüchte.«

»Na dann«, sagt die Verkäuferin, »besteht doch kein Grund zur Panik.« Victoriabarsch sei doch wohl mit ziemlicher Sicherheit keine Meeresfrucht.

Sie geht in sich. Fragt sich, ob sie überhaupt Lust habe auf Fisch.

»Victoriabarsch ist Süßwasser«, sagt die Verkäuferin, und während sie ihr Handy hervorholt, um es nachzuschlagen, wiederholt sie: »Sonst würde es ja nicht *Victoriasee* heißen«, und aufschauend von ihrem Bildschirm: »allerdings nur, wenn die 85 Prozent Niederschläge, aus denen er sich speist, Süßwasser sind.«

Ja, sie hat Lust. Sie will und will sagen, sie werde ihr vertrauen, weil sie vertrauen wolle, weil Vertrauen wichtig sei, denn ohne Vertrauen gehe gar nichts mehr.

Die Verkäuferin nickt ihr fröhlich zu. Sie zieht ein neues Paar steriler Handschuhe über, trocknet die Klinge eines großen Messers mit einem kleinen Handtuch, schneidet den zartrosa Fisch, wiegt das Stück ab, packt es in eine Tüte, die aussieht wie Butterbrotpapier, aber sie beide wissen natürlich, dass sie einseitig mit Plastik beschichtet ist. Sie versenkt die Tüte in einem Aluminiumbeutel, schaufelt Eis dazu, klemmt die offene Seite in eine Maschine und verschweißt sie. Sie reicht den Beutel über die Theke und sagt mechanisch: »Vorsicht, verbrennen Sie sich nicht.«

Sie nimmt, was sich anfühlt wie eine metallene Fruchtblase, entgegen und fragt sich, während sie mit ausgestrecktem Arm eine der drei verwaisten Kassen ansteuert, wie es ihr nur gelungen ist, in diesem Affentheater eine der Hauptrollen zu ergattern, und welcher *Deus ex Machina* sie dazu gebracht hat, mit diesem Stück Fisch aus dem Victoriasee mittags um zwölf an der staubigen Hauptstraße entlang mitten durchs Dorf nach Hause zu gehen.

FREUNDE VON FRÜHER

Es gibt Momente, in denen trifft aufeinander, was eigentlich nichts miteinander zu tun hat. Manchmal irgendwelche Dinge, manchmal Menschen, manchmal Pflanzen oder Tiere, die zu ihrem Leben gehören. Sie sind ihr nah, auch dann noch, wenn sie wieder fern sind. Sie ist ja selbst nicht immer dort, wo sie sich nah ist. Ein schöner Gedanke, dafür gemocht zu werden, dass man für immer dort ist, wo man einmal war. Vielleicht ist sie nur deshalb da, um irgendwem oder -was Gelegenheit zu geben, gegenwärtig zu sein.

Auch dieser Gedanke gefällt ihr.

Und wenn es dann wieder mal so weit ist und sich immer noch etwas und noch etwas einfindet, überraschend und unerwartet, dann ist das, als träfe sie im Supermarkt um die Ecke, in dem sie jeden zweiten Tag etwas zu essen kauft, auf einen Schlag mehrere gute alte Freunde, die sie schon ewig nicht mehr gesehen hat, Freunde von früher, die längst nicht mehr zu ihr gehören und sich untereinander nicht kennen.

Ist ja wohl 'n Witz, so würde sie sie am liebsten begrüßen und laut lachen, ein Rad schlagen oder fröhlich auf und ab springen. Doch sie weiß, dass sie damit der Begegnung den Zauber nähme.

Neulich in der Gärtnerei waren sie zu dritt. Eine Freundin hatte sich ihr und ihm angeschlossen, hatte sich mitten in der Woche einen Tag freigenommen.

Er hatte die Gärtnerei *im Netz,* wie er immer wieder gern sagt, *inspiziert* und war Feuer und Flamme. »Es gibt dort ein Café. Sieht gut aus«, sagte er und schloss vom Café auf den Kuchen. »Schaut ihr in aller Ruhe Blumen an, ich und mein Buch, wir verziehen uns ins Café.« Der Gedanke gefiel allen dreien.

Über dem Eingang steht *Eingang.* Dahinter ein von Schubkarren voller Erde blockierter Innenhof, eine dämmrige Pflanzenhalle, das übliche Glashaus. Dann stehen sie wieder im Freien, schauen sich um.

Vor ihnen ein unüberschaubar großer Garten mit Tischen, darauf Pflanzen in Töpfen und Pflanzen in Kübeln und baumhohe Büsche und Bäumchen, die direkt in der Erde wurzeln.

Sie folgen ihm, der auf eine runde, blau gestrichene Laube zusteuert. Auf der Suche nach dem Eingang umrunden sie das Holzhaus bis zu einer Glastür. Innen ein Bretterboden, ein paar Regale mit Gartengeräten und ein Schild, auf dem *1798* steht.

»Diese Schweine«, ruft er und sagt, im Internet stünden Tische vor dem romantisch blauen Häuschen. »Gedeckte

Tische, an denen Leute sitzen und Kaffee trinken, ein echtes Café.«

Ihm prägt sich jede Enttäuschung sofort ins Gesicht. Genauso sein Glück: als er zwischen einem mit roten Riesentrompeten übersäten Busch und einer dichten, knorrig aus ihrem Kübel ragenden Olive einen Liegestuhl entdeckt. Ein Holzgestell mit einer längsgestreiften Stoffbahn, die in der Mitte durchhängt. So wie sie sie aus den Filmen von Éric Rohmer kennt, obwohl sie, wenn sie darüber nachdenkt, glaubt, das Modell nicht in den Filmen, sondern auf dem Balkon ihrer Großeltern gesehen zu haben. Die Frage, warum sie die Filme von Rohmer damit ausstattet, muss sie nicht stellen, sie spürt die Perlenkette ihrer Großmutter zwischen den Fingern. Bei Rohmer tragen die Frauen keine Perlen. Sie tragen Badeanzüge und Bikinis, und es ist immer Sommer. Sie liegen am Strand, sie liegen im Sand. Wie er in der Gärtnerei im Liegestuhl auf »waschechtem Ostseesand«, der wie gemacht ist dafür, sich in sich selbst zu versenken. Wie die Leute bei Rohmer, so für sich und mit einer Prise Melancholie, eine feine Spannung, die nach ihrer Entladung schmachtet.

Das Buch auf dem Bauch, schließt er die Augen. Und auch wenn er es jetzt nicht sehen kann, tanzen die schaukelnden Schatten der kleinen Olivenblätter über seinen Leib. Nur nicht über die Füße. Die Füße liegen in der von Minute zu Minute gnadenloseren Sonne.

Die Frauen folgen den Pflanzen, den ineinander verzweigten, verschlungenen Büschen, ihren auf der Suche nach Muttererde aus den Töpfen quellenden Wurzeln, den Schildchen mit botanischen Namen und Preisen, den – wie auf der Intensivstation – alles mit einer fernen Zentrale verbindenden Schläuchen.

In der Tiefe des Gartens stoßen sie auf ein mit Planken eingefasstes Stück Land. Von Hufen gestampfter Lehm, feuchte Suhlen. Ihre Großmutter hat in einem Verschlag hinter der Küche ein Schwein fett gefüttert. Jedes Jahr aufs Neue eine riesige Sau. Ein rosarotes Monster, dessen Lieblingsspeise bockige Kinder seien. Auch wenn am Ende immer nur die Sau auf den Tellern der Wirtschaft landete, traut sie Schweinen nicht über den Weg. Sie wirft ihnen Gras und Löwenzahn vor die Füße.

Die Großmutter ist im Krankenhaus gestorben. Ihre Mutter hat ihr, auf ihren Wunsch hin, ihre Perlen und als Überraschung einen Strauß duftender Nelken gebracht. Zu spät. Als ihre Mutter bei der Großmutter eintraf, war die schon nicht mehr ansprechbar. Ihre Mutter hat sofort den Arzt ans Bett rufen lassen. Er hat sie beruhigt, ein paar Witze erzählt.

Sie wagt es bis heute nicht, ihre Mutter auf diese Witze anzusprechen. Vielleicht würde sie lachen müssen. Nicht über die Witze, über die ins Gesicht der Mutter geschriebene Empörung, die nicht glauben will, dass ihre Tochter sie bittet, ihr einen Witz zu erzählen.

Jetzt würde sie wirklich gern lachen, doch über den Himmel dieser Geschichte zieht eine dunkle Wolke und hinterlässt die Frage, warum ihre Mutter am Sterbebett ihrer Großmutter den Arzt nicht zur Sau gemacht hat.

Die Ferkel fressen schnell und konzentriert. Sie lassen nichts liegen. Sind hungrig, hungrig nach Leben.

ZWEI SPINNEN

In der Ecke über ihrem Bett hocken zwei Spinnen von der großen, dünnen Sorte.

Weberknechte? Nein. Weberknechte bauen keine Netze. Das hat ihr Vater ihr beigebracht. Von ihrem Kopfkissen aus ähneln die Netze kleinen Wolken. Fängt sich Staub in ihnen, werden es Gewitterwolken.

Wovon leben die Spinnen? In ihrem Schlafzimmer gibt es keine Insekten. Keine Fliegen, keine Mücken, keine Käfer. Hin und wieder verirrt sich eine Getreidemotte aus der Küche an die weiße Wand.

Sie gehört nicht zu denen, die auf Phantasien mit sechs oder mehr Beinen hysterisch reagieren.

Spinnen waren die Lieblingstiere ihres Vaters. Früher, als er ihr noch von seinen Vorlieben erzählte, standen die Spinnen unter seinem Schutz.

Einer Spinne durfte kein Bein gekrümmt werden. Auch nicht von ihrer Mutter, die nicht einsah, warum sie Spinnweben im Haus zu dulden hatte. Vor den Fenstern hingen Netze voller Stechmücken und Nachtfalter. Und die Fensterbretter waren mit schwarzen Punkten und ausgesaugten Kadavern übersät.

Im Gegensatz zu ihrer Mutter hält sie Spinnen für nützlich. Sie trägt sie aus dem Zimmer. Dabei passieren Unfälle, durch die sich die Spinnen verletzen, manchmal so schwer, dass sie sie erlösen muss.

Diese unschönen Momente vergisst sie nicht. Aber immer hat sie sich entschuldigt bei der Geschädigten oder auf höherer Ebene bei ihrem Geist, dem Geist aller Spinnen.

Was würde ihre Mutter sagen, wüsste sie, dass die erwachsene Tochter sich bei jeder erlösten Spinne entschuldigt? Ihr Vater würde ihr wahrscheinlich zu Vorsicht raten. Mehr und mehr Vorsicht.

Aber sie weiß, dass bei ihr, anders als bei ihrem Vater, mehr Vorsicht den Spinnen gegenüber nur zu mehr Vorsicht sich selbst gegenüber führt.

Normalerweise sitzen die Spinnen reglos in der Ecke über ihrem Bett. Heute jedoch nimmt sie, während sie liest, aus dem Augenwinkel heraus eine Bewegung an der Wand wahr.

Sie sieht eine der Spinnen, die größere (das Männchen?), senkrecht die Wand herablaufen. Nicht schnell, aber unaufhaltsam.

Innerhalb der nächsten Sekunden wird sie die Stelle erreichen, wo Bett und Wand aufeinandertreffen. Problemlos werden die langen Beine den kleinen Spalt zwischen Wand und Bett überbrücken. Zu spät, ein Handtuch zu holen oder ein Gefäß, um sie zu fangen.

Sie rollt sich auf die leere Bettseite und sieht von dort aus zu, wie die Spinne, statt aufs Bett zu springen, im schmalen Spalt zwischen Bett und Wand verschwindet.

Sofort lobt sie die Spinne für ihre Klugheit und zweifelt an der eigenen – was sollte eine Spinne von ihr wollen? Hat ihr Vater ihr nicht wieder und wieder eingetrichtert, dass Menschen keineswegs zum Beuteschema der Spinnen gehören?

Die Spinne geht auf Jagd, sagt sie sich. Dass der Tisch unter dem Bett reicher gedeckt ist, ist ein Gedanke, der sie fesselt, eine Weile lang. Dann denkt sie, die Spinne sei durch das wie immer nachts offene Fenster in die Küche ausgewandert – das sommerliche Spinnenparadies.

Die zurückgebliebene kleinere Spinne rührt sich nicht. Bevor sie das Licht löscht, wickelt sie sich in ihre Decke, schließt mit den Füßen die undichten Stellen.

Irgendwann erwacht sie, macht Licht, sieht, wie gehabt, über sich die kleine Spinne und macht das Licht wieder aus.

Als ihre Eltern noch zusammenlebten, sorgte ihre Mutter sich um ihren Vater. Egal, ob er Nachtdienst hatte, verreist oder mit seinem besten Freund unterwegs war, sie sorgte sich um ihn. Auch als sie sich, wenn er da war und wach, nur noch stritten. Und erst recht, wenn er nicht da war. Sie sorgte sich um ihn, indem sie die Nacht über auf dem Sofa saß und sich nicht rührte. Der Fernseher lief, und sie schaute auf den Bildschirm. Sie sah und hörte nichts, reagierte nicht, wenn eines der Kinder sie ansprach.

Allein das Geräusch des sich automatisch öffnenden Garagentors erlöste sie aus ihrer Starre. Dann sprang sie schnell wie auf sechs Beinen ins Bad, in ihr Nachthemd, ins Schlafzimmer. In einen Schlaf, der sie vor dem nächsten Streit schützen sollte – oder vor der Trennung.

Nach der Trennung richtete sie ein Blutbad unter den Spinnen an. Es war fürchterlich. Sie zerstörte ihre Lebensräume, erschlug und zertrat sie. Dann nahm sie den Staubsauger und beseitigte die Spuren ihrer Untat.

Warum, denkt sie, ist er nicht zurückgekommen? Ist a) ihr Schlafzimmer so sauber, so insektenfrei, dass der Hunger ihn fortgetrieben hat? Oder ist er b) nicht auf Insekten aus, sondern auf andere Weibchen? Vielleicht liegt c) der Spinnenmann bereits tot im Staub unter ihrem Bett?

Sie wird nachsehen.

Er kehrt nicht zurück. Die kleine Spinne hängt wie tot im Netz. Eines Tages ist sie nicht mehr da.

Darüber ist sie nicht froh, aber auch nicht traurig. Sie versucht, nicht mehr an die Spinnen zu denken. Was ihr erst gelingt, nachdem sie mit dem Teleskoprohr des Staubsaugers die leeren Netze entfernt hat.

Eines Abends beginnt alles von vorn. Diesmal nicht oben in der fernen Ecke, sondern direkt neben ihrem Kopfkissen, zwischen Kopfbrett und Wand. Sie ist entsetzt. Nicht einmal ihr Buch kann sie weiterlesen. Das Netz scheint daran festgemacht zu sein. Sie beschließt zu warten.

Am nächsten Abend sind es zwei Spinnen. Reglos hängen sie im Netz. Sie berührt ihr Buch. Das Netz beginnt zu schwanken. Sie möchte es berühren, um die Schwingung zu stoppen, wagt es nicht, wartet ab, ohne zu atmen, lässt das Buch liegen. Sie sagt sich zum x-ten Mal, dass es keine Jagdspinnen sind, sondern Netzspinnen, dass Passivität ihr Programm ist.

Sie holt sich ein anderes Buch, eins, das sie längst gelesen haben wollte.

Bevor sie das Licht löscht, wirft sie noch einen Blick auf die Spinnen und traut ihren Augen nicht. Sie sitzen dicht beisammen, so dicht, dass man sie für eine einzige halten könnte. Die beiden dunklen Körper berühren sich und die langen Beine sind ineinander verschlungen. Ein Knäuel Schamhaare, denkt sie, und dass sie sich paaren.

Sie ist gerührt.

Die kleine Spinne ist die aktive. Schafft immer mal wieder ein wenig Distanz, um sich dann erneut zu nähern. Es sieht aus, als küssten sie sich. Und einen Moment lang glaubt sie, sie habe nie etwas Schöneres gesehen.

DIE THEODORUS-KONSTANTE

Ihre drei engen Freundinnen kennen sich nicht. Wenn sie während ihrer langen Telefonate der einen von der anderen erzählt, nennt sie keine Namen. Manchmal die der Hunde oder der Landschaften, aus denen sie kommen, oder der Orte, in denen sie jetzt leben. Sie selbst kennt die Liebes- und Lebens- und Familienverhältnisse ihrer drei Freundinnen in- und auswendig (Geburtstage, Hochzeiten und Taufen).

Die erste nervt ihr Kind ununterbrochen mit Aufträgen jeder Art, die zweite das ihre mit Warnungen vor allem und jedem, das Kind der dritten ist ein Schlüsselkind.

Jede dieser Mütter für sich gesehen findet sie unerträglich. Aber alle drei Mütter zusammengenommen bilden schon fast das übergeordnete Mütterliche, und so empfindet sie sie wie ein kraftvolles, für die Wirklichkeit gewappnetes Ganzes.

In den Schwestern ihrer Freundinnen, die sie von Familienfesten kennt, sieht sie, je nachdem, ob sie sie eher griechisch oder römisch betrachtet, Erinnyen oder Furien: ignorant und überlaut, besserwisserisch oder auf einem völlig abseitigen Trip.

Ein einziges Mal hat sie ihren Mann mitgebracht zu so einem Anlass und sich nur ins eigene Fleisch geschnitten. Eine der Schwestern einer ihrer Freundinnen war, während sie mit ihr geredet hatte, auf nichts als ihren Mann aus. Im Stillen nannte sie es *eine nervöse Fixierung*. Ein Übereck-Gespräch sozusagen. So dass sie am Ende des Abends nicht einmal mehr wusste, wer von ihnen beiden, sie oder ihr Mann, wozu auch immer als Medium gedient hatte.

Alles in allem aber empfindet sie das Schwesterliche als etwas Großartiges und stellt sich das Aufwachsen mit mehreren Schwestern als etwas sehr Erotisches vor. Eine energetische blutsverwandte WG als früheste Verbindung zur Welt. Großartig wie ein alter Teppich, dessen für das Kind unverständliche Motive perfekt ineinandergreifen.

Dagegen sind die Väter ihrer Freundinnen einfach nur schauderhaft. Einer schauderhafter als der andere. Selbstverliebte Unpersönlichkeiten, glänzend durch Abwesenheit und Weltläufigkeit, intelligent und cholerisch. Und manchmal fragt sie sich, ob es ihr Blick ist, der diese Klischees herausschält, oder ob es wirklich zu Vaterfiguren verkommene Männer sind, die ihre Töchter vor allem dafür lieben, dass deren Partner als Konkurrenz nichts taugen.

Zusammengenommen jedoch, zum Beispiel in Badehosen am Strand, auf Schnappschüssen in den Alben, dann, wenn sie selbst nicht am Drücker sind, dann, wenn sie nichts als das Väterliche repräsentieren: Alle Achtung! Sie könnte sich glatt verlieben.

Mit den Müttern ihrer Freundinnen, die sie natürlich auch kennt, geht es ihr ähnlich. Die eine ist Geschäftsfrau und keine Großmutter. Die andere hat sich soeben an der Uni für Jura eingeschrieben. Für die dritte, die Bilderbuch-Oma, heißt Spielen Lernen – für die Kinder-Universität. Wie schon gesagt: einzeln unerträglich. Insgesamt aber eine Klasse für sich. Große Klasse! Eine Klasse, zu der sie gern dazugehören würde.

Einfach ist es natürlich nicht, denn da sie sich weder für ein noch für kein Kind entscheiden konnte und sich nicht einmal dafür entschieden hat, eine Entscheidung zu treffen, fällt es ihr nun wiederum schwer, sich selbst zu subsumieren.

OHNE GRUND

Sie würde gern weglaufen, hat aber keinen Grund. Natürlich könnte sie auch ohne Grund losgehen. Doch ohne Grund fürchtet sie, schon ihr Aufbruch würde im Sande verlaufen. Sie braucht Festes unter den Füßen. Sie hat immer mal wieder darüber nachgedacht, ob es wichtig sei, irgendwo anzukommen, und hat weder für die Wichtigkeit des Ankommens noch die Unwichtigkeit des Nichtankommens triftige Gründe gefunden. Dafür eine Menge kleine Gründe, warum sie gern weglaufen würde.

Dass er, wenn er kann, spät aufsteht. Und dass, auch wenn er früh aufsteht, sie nicht mehr gemeinsam frühstücken. Nicht mehr miteinander schlafen. Nicht mehr zusammen im Garten arbeiten, in dem es ja auch keine Igel und Eidechsen mehr gibt. Das Haus, in dem sie leben, liegt in der Nähe der »am weitesten von allen Meeren entfernten Stadt Europas«. Die Felder um das Dorf, in dem sie wohnen, werden mit Herbiziden besprüht.

»Glyphosat?«, sagt er. »Nein, das glaube ich nicht.«

Aber wenn er sie ins nächste Dorf zum Bahnhof fährt, von wo aus sie in dreißig Minuten die Stadt erreicht, treffen sie auf Traktoren mit riesigen Tanks und Spritzdüsen.

Aus der Ferne niedliche Maschinen, deren Düsenflügel im Abendlicht ihre Tröpfchenschleier entfalten.

Sie kennt dieses Bild seit ihrer Kindheit. Jetzt ist sie erwachsen, aber Feld und Traktor, Flügel und Schleier hören nie auf zu wachsen.

Dann fährt sie panisch die Fenster hoch, sagt: »Niedlich krebserregend.«

Und er: »Wahrscheinlich krebserregend. So steht es zumindest in der Zeitung. Wir wissen es nicht.«

»Weder du weißt es«, sagt sie, »noch ich weiß es.«

Sie sagt, sie finde es zu anstrengend, eine direkte Verbindung herzustellen zwischen dem, was in der Zeitung stehe, und dem, was ihre fünf Sinne registrierten, die von den Medien abgebildeten Flächen in die drei Dimensionen der eigenen vier Wände rückzuübersetzen. Was sie auch vor sich habe, das Bild in der Zeitung oder die lehmigen, wasserabweisenden Äcker, immer sei es einen Hauch zu fern, um es zu begreifen. Und die Berichte in den Medien bezögen sich auf Bundesländer oder Land- oder Wahlkreise oder Statistiken.

»In der Architektur«, sagt sie, »hast du zwar immer einen Grund, auf den du bauen kannst, ein Stockwerk aufs nächste und noch eins und noch eins, aber irgendwann steht das Gebäude, und je mehr Stockwerke es hat, desto weniger spielt der Grund noch eine Rolle.«

Er, am Steuer, grinst. Sagt: »Irgendwann geht der Grund zugrunde oder wird surreal.«

»Was«, sagt sie, »ist daran surreal?«

»Die Begründung, zum Beispiel«, sagt er, »dass wir Glyphosat brauchen, weil die wachsende Weltbevölkerung ernährt werden muss.«

»Ja«, sagt sie, »die Weltmaschine macht aus Erwachsenen, die sich selbst ernähren können, Kinder, die gefüttert werden wollen.« Aber irgendwann, denkt sie, braucht man eben doch ein Motiv, um das, was man tut, noch verteidigen zu können.

Sie aber ist ohne glücklicher. Ohne ein Motiv, wie er es nennt, aus dem Haus zu gehen, macht möglich, dass dem, was sie tut, vielleicht im Nachhinein ein Grund zuwächst.

KÄTZCHEN

Immer wenn sie etwas bestimmtes Wirkliches unter die Lupe nimmt, scheint es vor ihren Augen zu verschwinden. Sie denkt darüber nach und denkt: a) Ich muss diese These untermauern. Am besten mit einem Beispiel. Also sucht sie eins und findet keins, weil ja alles, was als Beweis dienen könnte, da sie es genauer betrachten will, verschwindet.

Eigentlich, denkt sie, sei schon die Tatsache, dass sie kein Beispiel finde, Beweis dafür, dass sie mit dem Gedanken, alles, was sie unter die Lupe nehme, verschwinde, richtig liegt. Demnach, sagt sie sich, neige sie b) dazu, Theorien in den Raum zu stellen, von denen sie am Ende selbst nicht mehr wisse, was sie eigentlich zu bedeuten haben oder was sie damit habe sagen wollen, und: c) Warum nur fallen ihr solche Sätze ein? Solche Sätze klingen haargenau, als stammten sie aus einem Denksystem. Sie hat aber kein Denksystem. Vielleicht ist das ja ihr eigentliches Problem? Und dann wiederum: Kein Denksystem zu erkennen heißt doch nicht, kein Denksystem zu haben.

Vor Jahren hat sie von einem Versuch mit jungen Kätzchen gelesen. Sie waren in einem Käfig mit senkrechten

Gitterstäben aufgewachsen. Als man sie in einen Käfig mit waagrechten Gitterstäben umsiedelte, knallten sie reihenweise dagegen. Sie nahmen sie nicht wahr.

Ihre Art zu denken versperrt ihr eine andere Denkweise, die es natürlich nicht nicht gibt und die möglicherweise naheliegt. Sie muss sich nur mit der Nase drauf stoßen.

AUFTAKT

Er sagte: »Sag nicht andauernd Ja und Aber. Es nervt, vor allem, wenn du es ständig wiederholst.«

»Schon möglich«, sagte sie, »sorry, aber ich kann nicht anders. Sonst fällt mir nichts ein, außer dass jetzt jetzt ist und heute der Tag, der früh begann und spät enden wird.«

»Und fragst du dich auch, warum das so ist?«, sagte er.

»Ja klar«, sagte sie. Sicher würde er ihr jetzt gleich aus seiner Kindheit erzählen, um sie auf ihre zu stoßen.

Sie fand Rhythmen spannend, und sie wusste, dass es auf die Pausen ankommt, die kleinen, minimalistischen, *Ja aber*. Genau dort, wo a und a jetzt ohne Punkt und Komma auf Luft stoßen, die Luft zwischen zwei gleichen Magnetpolen, wird die Geschichte federleicht. Wie ein Federchen, auf dem sich die Stimme befreit.

WIE DIE DINGE LIEGEN

Wo im Haus die Dinge liegen, müsste sie eigentlich wissen. Sie müsste wissen, wo das Metermaß aufbewahrt wird, wo das Mottenpapier, das für die Kleiderschränke und das für die Lebensmittel, wo die Wegwerffeuerzeuge, wo das Geschenkpackpapier und die *Tempo*-Packungen, die sie einem in der Apotheke in die Plastiktüte schmuggeln. Sie hört aber nicht auf, ihn zu fragen: »Wo haben wir denn das Schuhputzzeug? Und wo ist der biologische Abflussreiniger?«

Er soll andauernd solche Fragen beantworten. Als er sich darüber beklagt, sagt sie, er solle auf diese Fragen einfach nicht mehr antworten. Sie verspricht, sich zu merken, dass das Mottenpapier in dem Schrank liegt, in dem die Blumensamen in einer und die Teelichte in einer anderen Tüte hängen. Wird sie sich das merken?

Am Abend hat er eine Verabredung. »Reine Herrenrunde«, sagt er. Sie weiß, was er sagen will. Sie soll nicht mit. Das Gefühl ist ihr peinlich, aber es ist da.

»Sind doch alles nur Männer«, sagt er.

»Und wann trefft ihr euch?«, sagt sie. »Die Uhrzeit?«

»Gegen sieben«, sagt er.

»Und wo?«

»Keine Ahnung«, sagt er. »Irgendeine Kneipe.«

»Könntest du mich mitnehmen in die Stadt?«

»Ja klar«, sagt er. »Aber was willst du die ganze Zeit machen?«

»Shoppen«, sagt sie.

»So lange?«

»Wie lange denn?«

»Keine Ahnung«, sagt er. Er will sich auf keinen Fall irgendeinem Druck aussetzen müssen.

Sie zieht ihre Stadtkleider an, den kurzen Wollrock, die etwas neueren Stiefel und die Strickjacke ohne Mottenlöcher. Sie sagt, sie sei so weit.

»Nein«, sagt er, »nein, die Jungs haben gerade angerufen, wir treffen uns erst gegen neun.«

Die Jungs aus der Herrenrunde haben sich gegen sie verschworen. Peinliches Gefühl, aber real. Sie wird nicht mitfahren. Um neun sind die Geschäfte geschlossen. Während sie sich zum zweiten Mal umzieht, hört sie im Bad das Wasser rauschen. Sie denkt an ihre bequeme Strickhose, in die sie hineinsteigt, und an den geflickten Pulli, den sie sich über den Kopf zieht.

Er liegt im Wasser und liest. Sie wundert sich. Erstens, dass er vor einer Herrenrunde in die Wanne steigt, und zweitens, dass er sie nicht dazu eingeladen hat.

»Ich frage immer, ob du mitkommst in die Wanne. Der Unterschied zwischen uns: Du fragst nie.«

»Du kannst gerne reinkommen«, sagt er.

»Schon gut.«

Als er sich wieder seinem Buch zuwendet, geht sie in die Küche, rührt einen veganen Pfannkuchen aus Hirsemehl an, rührt, bis ein geschmeidiger Teig entsteht, gießt ihn in die Pfanne. Er sieht perfekt aus, doch beim Wenden zerfetzt sie ihn. Einige Stellen kleben am Pfannenboden. Die Rettungsversuche misslingen. Sie kratzt ein paar Stücke auf ihren Teller, lässt den Rest auf dem Herd stehen. Sie wird die Pfanne einweichen und mit Stahlwolle reinigen.

Während sie isst, kommt er im Anzug aus dem Bad.

»Wo könnten denn diese Topfreiniger sein?«, fragt sie, als er an ihr vorbeiläuft.

Es ist spät. Draußen ist es dunkel, dunkler wird die Nacht nicht mehr. Sie findet, er sollte so spät nicht mehr los. Es hat geregnet, und für die Nacht ist Frost angekündigt. Die Straßen sind glatt.

Er sagt, das sei ihm gleichgültig. Sagt: »Gut, dass es schon so spät ist«, dann müsse er nicht so lange bleiben.

Das klingt, als wollte er gar nicht gehen. Vielleicht will er zurückgehalten werden. Sie schlägt ihm vor, zu Hause zu bleiben.

Aber er sagt, er gehe gern. Und er geht.

NUR ZUM BEISPIEL

Sie weiß, warum sie nichts sagt. Weil er sie nicht zu Wort kommen lässt oder weil er ihr ins Wort fällt oder meint, ihr nicht zuhören zu müssen. Drei Möglichkeiten, jede die schlimmstmögliche.

Ein Abend mit Freunden an einem runden Tisch. Eigentlich mag sie runde Tische, mag es, wenn alle um die Wette reden und eine der Stimmen allmählich das Rennen macht. Vielleicht ist es einfach nur die schönste Stimme, die gewinnt. Oder die mit der spannendsten Geschichte, im Idealfall beides. Oder irgendeine Stimme erzählt eine mittelmäßige Geschichte am allerschönsten. Jedenfalls kommt irgendwann der Punkt, an dem verstummen alle anderen Stimmen.

Heute Abend sieht es erst so aus, als machte der Gastgeber das Rennen. Er hat eine fünfzehn Monate alte Tochter. Laufen kann sie noch nicht. Aber auf allen vieren krabbeln. »Und Karaoke«, sagt der Gastgeber und zeigt ein Handyvideo. Das fröhliche, zur Schlagermusik wippende und den Mund weit aufreißende Kleinkind bringt alle zum Staunen. Trägt Windeln und kann schon singen.

»Nein«, sagt er. »Sie ist es ja nicht, die singt.«

Das Handy macht noch einmal die Runde, und alle lachen über das muntere Baby, über die überdimensionierten, stummen Mundbewegungen.

Sie will etwas sagen. Ihr Mann fällt ihr ins Wort.

Er sagt: »Sie strampelt mit dem Mund.«

Sie findet die Art, wie er ihr ins Wort fällt, vor allem, wenn andere dabei sind, einfach unmöglich. Sie krönt ihren Unwillen zu schweigen mit einem aufgesetzten Schweigen. Sie merkt sich zwar, dass sie etwas hatte sagen wollen und dass sie unterbrochen wurde, aber nicht, was sie sagen wollte.

Er hat ihr das Wort aus dem Mund gerissen, ihre Stimme überfahren. Empört verfolgt sie die Gesprächsrunde wie ein Pingpong-Spiel, das er zunehmend allein bestreitet. Sogar der Gastgeber ist verstummt.

Und er, er spielt mit sich selbst. Er gibt hundert Prozent, auf jeder Seite des Spieltisches.

Auf dem Nachhauseweg sagt sie, er habe ununterbrochen geredet.

Er sagt: »Klingt wie ein Vorwurf.«

»Ist auch einer«, sagt sie. Nicht dass das, was er gesagt habe, uninteressant gewesen sei. Auch wenn er weder die schönste Stimme noch die aufregendste Geschichte noch eine mittelmäßige am schönsten erzählt habe. »Du hast nur einfach keinen anderen zu Wort kommen lassen.« Das stimmt nicht ganz. Er hat *sie* nicht zu Wort kommen lassen, nur *ihr* ist er ins Wort gefallen. Die anderen haben ja noch eine Weile weitergeredet und sind dann wie von selbst verstummt. Aber sie glaubt mit der Übertreibung besser zu ihm durchzudringen.

»Tut mir leid«, sagt er. Und dass die anderen sich nicht daran gestört hätten, nur sie, und warum überhaupt …

»Weil es das nächste Mal wieder so sein wird«, fällt sie ihm ins Wort. Und er ihr, weil sie sich wehren solle gegen ihr Verstummen.

Aber von Verstummen könne keine Rede sein, weil sie nicht wisse, was Verstummen bedeute, da sie nie aufgehört habe zu schweigen.

»Aber doch nicht dir selbst gegenüber.«

»Entschuldige bitte …« Sie muss weiterreden. Merkt nicht, dass sie ihn unterbricht. »Was du sagst, war und ist anregend, war und ist absolut richtig oder war und ist absolut falsch«, sagt sie, während er sagt, wenn sie meine, es drehe sich um das Gleichgewicht zwischen ihm und ihr, liege sie total daneben, es gehe um ihr inneres Gleichgewicht, darum, dass sie nicht *sich* zuhöre, sondern *ihm*, sich ununterbrochen selbst unterbreche.

Sie versteht zwar nicht ganz, will aber ein Beispiel von ihm. Nein, eigentlich will sie es natürlich nicht. Denn genau das würde diese Geschichte niemals beenden.

INSIDERALPHABET

Wenn sie streiten, sprechen sie eine Sprache wie die, die sie sprechen, wenn sie nicht streiten. Aber Sätze wie: *Gibst du mir bitte die Gartenschere* oder *Bist du denn schon müde!* oder *Der Tee ist ein Gedicht* und *Wie war noch gleich deine EC-Karten-Nummer?*, schrumpfen wie aus dem Nichts zu: Du bist wie deine Mutter, nicht: Du bist, wie du bist. Und es könnte auch jeder entferntere Verwandte als Chiffre dienen.

Wenn sie zu ihm sagt: *Du bist wie deine Mutter,* heißt das: Du bist absolut unkommunikativ. Du meidest Networking wie die Pest. Was auch nichts anderes heißt als das etwas alte, etwas umständliche: Dich peinigt jede Verbindung über die Familie hinaus. Sie weiß, dass seine Mutter Angst davor hat, anderen zur Last zu fallen. Wenn seine Mutter zum Beispiel eingeladen wird, lehnt sie auf jeden Fall ab, weil sie denkt: Wenn ich diese Einladung annehme, müssen die Einladenden jene Einladung annehmen, die ich dann aussprechen muss, weil ich die ihre angenommen habe.

Wenn er zu ihr sagt: *Du bist wie deine Mutter,* will er sagen, dass sie naiv sei, zumindest gutgläubig. Ihre Mutter war einst eine politisch aktive Frau. Sie hat nicht Klavier-, sondern Gitarrenunterricht genommen, Protestlieder gesungen und ist auf Demos gegangen. Sie wollte die Welt ändern. Die Welt, in der sie lebt, in die Welt, an die sie noch immer glaubt: die beste aller Welten. Wenn er also zu ihr sagt: *Du bist wie deine Mutter,* kann das auch heißen: Du benimmst dich, als wärst du Ende achtzig und hättest dich wunderbar in deinem Selbstschutz-Pragmatismus eingerichtet.

Sagt sie aber zu ihm: *Du bist wie meine Mutter,* dann steht Diktatur im Raum, vor dem Fenster lauert Faschismus und im Keller der Kommunismus. Wenn sie ihm also ihre Mutter überzieht, dreht es sich um eine komplexere Finsternis, als wenn er ihre Mutter ins Spiel bringt.

Dann bleibt ihm nur das *Du bist wie meine Mutter,* in dem etwas durch und durch Grausames mitschwingt. So dunkel wie der Luftschutzkeller ihrer Kindheit im Krieg. Eine Kindheit, die sich ihm weniger aus dem Erzählten als aus dem, was nicht erzählt wurde, erschlossen hat.

Du bist wie dein Vater ist ihre Antwort auf jeden zweiten seiner Wutausbrüche. Sein Vater ist Choleriker. Sie hat es im Ansatz erlebt. Seitdem steht sein Vater für eine Wut, die mit dem Kind in ihm zu tun hat, und deshalb trifft ihn der Satz mehr als jeder Vergleich mit den Müttern. Wenn sie ihn mit seinem Vater vergleicht, ist mit ziemlicher Sicherheit vorauszusagen, dass er ihr einen wütenden Vortrag über *Das Drama des begabten Kindes* halten wird.

Was ihn immerhin daran gehindert hat, ein zweites Mal zu sagen: *Du bist wie mein Vater*. Sie hat es lange nicht vergessen.

Häufiger kommt es allerdings vor, dass er zu ihr sagt: *Du bist wie meine Schwester*. Und selbst da fühlt sie sich für ein paar Stunden wie eine verschwiegene Tochter Hitlers, auch wenn sie weiß, was er sagen wollte, dass ihre irrationale Potenz zur Selbstzerstörung am Ende – an welchem Ende? – alles zerstöre.

Es bringt nichts, wenn sie sagt: *Du bist wie mein Bruder*. Aus irgendwelchen Abgründen ein Gutmensch. Nur *Du bist wie deine Schwester* bringt ihn zum Schweigen. Dann ignoriert er sie, und genau das war der Sinn der Sache. So dass sie, um dem Schweigen ein Ende zu setzen, sagen müsste: *Du bist wie dein Vater*. Aber das hatten sie ja schon hinter sich.

So haben sie sich lesen gelernt, wieder und wieder, aus dem unerschöpflichen Familien-ABC.

KLARES WASSER

Seit jenem Mann, der gern mit ihr in der Badewanne saß, erwartete sie von allen nachfolgenden, dass sie gern mit ihr badeten. Sie hat es sogar als eine Art Pensum betrachtet, das der jeweilige zu absolvieren hatte. In der Badewanne sitzen war für Neulinge. Es genießen können für fortgeschrittene Anfänger. Danach kam Baden zu zweit, danach *gern* zu zweit baden, und der Mount Everest hieß: gern zu zweit mit Einseifen und so weiter.

Der Erste, den sie gern den *Badewännler* nannte, war eine längere Zeit an ihrer Seite. Längere Zeit wurde auch viel gestritten, aber in den Badewannenstunden, wenn sie sich gegenseitig einseiften und wuschen, herrschte Friede. Ein herrlicher Friede, der das Ende um mehrere Jahre hinausschob. Er sagte dann Sätze wie *Ich bin dein VaterMutterBruderSchwesterundTanteOnkelEnkel und werde zur Not dein Kind sein*. Dieser Absolutheitsanspruch hat mich zum Schweigen gebracht, denkt sie, wenn sie mit ihrem Aktuellen in der Wanne liegt. Er ist der Wanne nicht abgeneigt. Er genießt es sogar. Aber das Einseifen klappt noch nicht. Es gelingt ihr nicht, ihm das Schöne daran zu vermitteln. Auch ihr fällt es schwer bei ihm. Liegt sie ihm gegenüber in der Wanne, kommt sie nicht darauf, ihn einzuseifen. Sie liegt da mit halbgeschlossenen Augen, schaut hinüber, schweigt und vergisst es einfach alles.

EINKAUFEN, KOCHEN, ESSEN, SCHLAFEN

Er hat gesagt, er komme am Dritten oder am Vierten. Spätestens zu meiner Veranstaltung am Vierten. Ich bin auf den Vierten eingestellt. Absolut.

Ich habe eingekauft, dass es bis zum Vierten reicht. Ich habe gedacht, wenn er da ist, dann gehen wir zusammen einkaufen. Zusammen einkaufen, zusammen kochen, zusammen essen, zusammen schlafen. In genau dieser Reihenfolge.

In den letzten Tagen hat er mehrmals angerufen und über die Arbeit geklagt. Es gab keinen Anruf, bei dem er nicht geklagt hätte. Ich warte nicht auf seinen Anruf, warte aber darauf, dass er über die Arbeit klagt. Ich weiß, er wird anrufen, und er wird klagen. In den letzten zwei Tagen häuften sich die Gründe. Er war erkältet. Erkältet und ohne Zeit. »So ist das Berufsleben«, habe ich gesagt und ihn getröstet und ihm geraten, was er tun könnte, sollte, müsste, um gesund zu werden.

Ein heißes Bad nehmen mit den richtigen Zusätzen. Den richtigen Tee trinken. Das Richtige essen. Ich glaube nicht, dass er das Richtige isst. Er kann nicht kochen. Er hat noch nie auch nur versucht zu kochen. Wenn ich nicht da bin, kocht keiner für ihn. Wenn ich nicht da bin, geht er essen. Faule deutsche Küche in den Bistros um die Ecke seiner Arbeitswohnung. Oder er macht ein Glas Würstchen auf. Die stapelt er im Vorratsraum. Hohe, schlanke Gläser, die Würste schwimmen in einer trüben Flüssigkeit. Außen steht *BIO* drauf, und er sagt: »Siehst du.« Wenn die Würste nach nichts schmecken, habe er sich, sagt er, an den vegetarischen, die im selben Regal stehen, vergriffen.

Wenn er anruft, sagt er: »Ich wurstle mich durch.«

Ich will wissen, wann er kommt.

»Am Achten«, sagt er. »Spätestens am Neunten.«

»Ich habe mit dem Vierten gerechnet«, sage ich.

Das schaffe er nicht.

Aber angekündigt habe er es.

»Ja, tut mir leid. Nicht zu schaffen.«

Ich sage nichts. Langes Schweigen.

»Dann sagt man's auch nicht«, sage ich wütend. Man verspricht nicht, was man nicht halten kann. Ich muss jetzt unbedingt auflegen. Aber die Sätze, die ich sage, tun nicht, was ich ihnen befehle. Nicht einmal die Sätze, die ich nicht sage, tun, was ich von ihnen verlange. Sie sind Kinder, die nicht gelernt haben, dass man einen Hund nicht quält.

DER SCHLÜSSEL
ZUR LÖSUNG

In einer ruhigen Minute glaubt sie, es sei der richtige Zeitpunkt. Er sitzt auf dem Sofa, sie liegt, den Kopf in seinem Schoß.

Sie sagt, sie finde, dass sie sich zu wenig streiten. Es sei bekannt, dass Streiten einer Beziehung guttue. »Mit dir aber kann man nicht streiten, denn kaum deutet sich ein Streit an, verlässt du den Raum. Das soll jetzt keine Kritik sein«, sagt sie. »Es wäre nur schön, wenn du beim nächsten Streit einfach bleiben könntest.«

»Okay«, sagt er, nachdem sie beide lange geschwiegen haben. Sie ist eingeschlafen. Er hebt ihren Kopf aus seinem Schoß in ein Kissen und steht auf.

Die Tür ist von außen abgeschlossen.

ONLINE

Sie sucht nach Männern. Nur mal so. Vergleichsweise. Sie filtert. Herkunftsland: USA; Alter: 38–49; Sternzeichen: alle; Religion: alle; ausgeschlossen: ohne; Haut- und Haarfarbe: gleichgültig; Bild: ja.

Von den vielen speichert sie den Einen.

Er, älter als sie, annähernd fünfzig, jünger wirkend, wie um die vierzig. Nordamerikaner, Buddhist. Graumelierter Bart, Sonnenbrille. Schon diese seltene Dreieinigkeit von Mann und Sonnenbrille und Lächeln würde ihr genügen. Aber dass sich über seinem großen Buddha-Lächeln in den Tiefen der getönten Gläser, direkt hinter dem Stativ mit aufgesetzter Spiegelreflexkamera, ein Buddha mit erdberührender Geste doppelt, wirft sie um.

Sie wird ihn kontaktieren.

Sie schiebt es vor sich her. Denkt, ein Profil, das schon über ein Jahr nicht aktualisiert wurde, kann nicht mehr aktiv sein, auch wenn es (und nicht nur von ihr) weiterhin angeklickt wird. Der es erstellt hat, hat a) längst eine Frau gefunden, ist b) tot.

Aber nun hat sich das Ganze in ihre Einbildung eingeschrieben wie eine Art Maßstab: So kann ein Mann mit fast fünfzig aussehen, und so kann sie, wenn sie will, zu ihm finden.

Ihre Tochter, die inzwischen über sie hinausgewachsen ist, war, was man ein *Kann-Kind* nennt. Obwohl erst fünf Jahre alt, von ihrem Vater verbindlich angemeldet für den letzten freien Platz der Schulklasse. Und wem hat sie es nie verziehen? Ihr, nicht ihm.

Doch was sie sich selbst nie verzeihen würde: einem Buddhisten auf seinem Weg nicht entgegenzugehen.

SENDEN UND TRENNEN

Von allen Nichtgespeicherten abgesehen, bist du mir im Kopf geblieben. Bitte schick mir zusätzlich ein Bild ohne Sonnenbrille. Ich sehne mich nach Nähe.

Als Buddhist wirst du mich vielleicht fragen wollen, ob es, da ich nicht frei bin, nicht zu früh ist für eine Beziehung zwischen uns.

Ja, würde ich dir kurz mailen, aber Freiheit ist, wie im Speisewagen eines ICE zu sitzen. Stillstand und höchstes Tempo zugleich, in Raserei gemütlich auf die Speisekarte warten, dann auf den Kellner, dann das Menü. Muss aber vorher erst noch einmal umsteigen.

GEBRAUCHSANWEISUNG

Sie ist süchtig nach französischen Spielfilmen. Auf *ARTE* laufen zwei bis drei pro Woche. Sie ist so süchtig nach den französischen Spielfilmen, dass sie ihre Sucht zur Not auch mal mit einem auf *ARTE* laufenden deutschen Spielfilm in Schach hält. Gestern zum Beispiel. Und danach unterhalten sie sich, und sie sagt zu ihm, dass der Film völlig unbefriedigend gewesen sei. Und sie ihn nur wegen der Schauspielerinnen zu Ende geschaut habe. Meret Becker und Anna Loos.

Leicht könne es nicht sein, mit Meret Becker als Gegenüber. Ihre Energie reiche weit über die Kamera hinaus. Jeder Blick, jeder Satz, jede ihrer Gesten vermittle jedem am Set, dass sie ihn an Selbstverständlichkeit, Leichtigkeit, Strahlung übertreffe. In diesem Film, sagt sie, habe man ihr geglaubt. Vielleicht weil sie über die Hälfte der Zeit im Koma liege. Nicht leicht für Anna Loos, die in ihrer Rolle andauernd irgendeinem, dem man beim Versuch, sie zu verstehen, zusehen dürfe, ohne aber Weiteres von ihm zu erfahren, irgendwas verklickern müsse. Da würden die Franzosen mindestens zwei Filme draus machen oder drei. Und jeder wäre außerdem eine mit großem

Understatement erzählte Antwort auf die Frage, warum er eigentlich gedreht worden sei. Wahrscheinlich ist sie gar nicht süchtig nach französischen Spielfilmen, sondern nach französischen Spielregeln.

DECKE AUS YAK-HAAR

Die Abendnachrichten melden ein Erdbeben der Stärke 7,5 in Nepal. Tausende Tote und Obdachlose. Sie füttert ihren Hund, gießt frisches Wasser in seinen Trinknapf, sagt ihm Gute Nacht und verkriecht sich unter ihrer superleichten Yak-Haar-Decke, dem Geschenk eines Arbeitskollegen ihres Mannes. Er, der Kollege, hat dreißig Jahre lang seine Frau betrogen. Sie wusste es, war Teil seines Glücks. Jetzt aber ist die Frau des Kollegen ihres Mannes Mitte fünfzig und aus der gemeinsamen Wohnung ausgezogen. Wenn sie, die ihrem Hund selbst dann, wenn er schläft, nicht alles auf die Nase bindet, an ihre Decke aus Nepal denkt, wird ihr warm. Sie fühlt sich geborgen, auch wenn sie sich zum Kotzen findet. Dann denkt sie an ihn und weiß, dass nicht alles, was man als Zusammenhang empfindet, auch wirklich zusammenhängt. Es verfolgt sie in ihre Träume, und ein kalter, mitunter sogar angenehm kühlender Hauch dringt durch die Lücken dieses Tag für Tag leichter werdenden Geschenks an ihren Körper.

FEDERN

Abends steigt sie aufs Trampolin, das auf der Terrasse steht. Sie dreht Musik auf (Berg-und-Tal-Schwammerln, Bob Dylan und Christian Gerhaher, Konstantin Wecker und Waltraut Meier).

Abwechselnd springt und läuft sie im Rhythmus. Hoch, hoch, immer wieder hoch, ohne nach vorn Raum zu gewinnen, dafür nach oben, Raum, den sie jedoch gleich wieder verliert. Und wenn der Wind die leichten weißen Gardinen in Wellen durch die geöffneten Fenster schiebt, fühlt sie sich von drinnen angesprochen. Potenziert. Das Trampolin greift dem Trampeltier unter Arme und Beine, unter Herz und Seele. Alle Schwere fällt ab, alles, was sie kilomäßig gar nicht auf die Waage bringt. Ihre Hausärztin ist begeistert von ihrem Body-Mass-Index.

IN DER ZEITUNG

Sie liest, in Zimbabwe habe ein Deutscher einen Elefanten geschossen. So *kapital*, wie seit fünfzig Jahren kein zum Abschuss freigegebener. Sie denkt laut: Vor fünfzig Jahren, das war im letzten Jahrtausend. Das Bild im Text zeigt den attraktiven Teil der Trophäe. Den auf die Stoßzähne gestützten mächtigen Kopf. Den weggeknickten Rüssel. Ein winziges offenes Auge. Für das Fotoshooting mit Jäger hat sich der Fährtenleser auf einem der Knie des Tieres niedergelassen. Er und der Jäger am rechten Bildrand, inszeniert für einen Blickwechsel zwischen oben und unten. Das Tier ist tot. Es lebe die Fotografie. Der Film läuft im Kopf ab. Die Verbrüderung von Schwarz und Weiß. Der Fährtenleser trägt Tennissocken, stonewashed Jeans und ein Basecap. Der Jäger Safarikleidung. Sein Gewehr ist mit einem Zielfernrohr bestückt. Es ist irre. Der weiße Mann ist Psychotherapeut. Es wird in die Geschichte eingehen. Der weiße Mann ist Historiker. Es ist eine Sache des Geldes. Der weiße Mann arbeitet bei einer Bank. In meinen Augen ist es ein Fall für den Staatsanwalt. Der weiße Mann ist Beamter im Justizministerium. Aber es sollte wenigstens im Schwarzbuch stehen. Der weiße Mann ist weiß.

ABSTILLEN

Früher, was nach ihrer Erfahrung nie weit zurückliegt, war die Masse nichts wert. Die Zeitungen, die sich massenhaft verkauften, zeichneten die Masse als kulturlosen Pöbel, die Massenkultur als Unkultur. Da war Andy Warhol gerade so alt, dass man ihn keinen jungen Künstler mehr nennen konnte. Seine Kunst sagte: *Seht hin!*, seine Gebärde: *Nicht mein Problem!*, und sein Testament: *Alles hat seinen Preis!*

Genau zu dieser Zeit wurde sie geboren.

Ihr Problem mit Massen entsprang dem Gedanken, vor einer Masse müsse man, um gehört zu werden, laut sein. Laut wie Frank Zappa. Damals, im Neckarstadion, dachte sie: Laut gleich grob. *Grob* hat es in sich, warum auch immer. Aus der Ferne ihres sicheren Sitzplatzes konnte sie das lustig finden, sich näher ranwünschen. Wenigstens so nah, dass sie das symbolische Sperma aus Zappas überdimensioniertem Spaßpenis als das identifizieren könnte, für das sie es aus der Ferne hielt: eine schneeweiße, unendlich lange, unbefleckte Stoffbahn, die er von der Bühne herab ins Publikum schoss. Und sie hätte sich drum gerissen, wie die anderen zehntausend in seiner Musik wogenden Mädchen und Jungs, es einmal kurz zu berühren.

Inzwischen hütet sie sich davor, das Laute dem Leisen gegenüberzustellen. Auch wenn sie die Stille liebt, so sehr liebt, dass sie sie massenhaft verschenken möchte, dass sie, was sie nicht laut zu sagen wagt, am liebsten stillen würde.

Auf ein Blatt Papier schreibt sie: Wie produziert man Stille?

a) Indem man die Stille lebt? Nein.

b) Indem man von der Stille spricht? Vielleicht.

c) Indem man andere Stille erfahren lässt? Aber wie?

Sie nimmt sich vor, aus der Stille, von der Stille, über die Stille und mit der Stille zu sprechen. So laut, wie es ihr möglich ist.

KEINE ANGST VOR SCHLANGEN

Es ist ein langer Tag, ein mehr als Vierundzwanzigstundentag gewesen.

Ich sehe mich aus dem Flugzeug steigen. *Swissair 100*. Zürich – New York. Sehe mich in der Warteschlange vor der Passkontrolle stehen, dann am Gepäckband auf meinen Koffer warten. Den schweren Koffer durch den Zoll schleppen. (Der Rollkoffer stand für mich noch in den Luxus-Sternen.) Dann sehe ich mich aus meiner übervollen Handtasche einen kleinen, runden Handspiegel kramen. Einen von der billigen Sorte, die Rückseite aus zerkratztem, himmelblauem Kunststoff.

Ich soll abgeholt werden. Die Frau, die mich abholen wird, ist die Geliebte meines Onkels. Als er mir in Frankfurt am Main den Scheck für die Studiengebühren überreichte, sagte er, er habe mit der geliebten Suzette ein Zeichen vereinbart, an dem sie mich erkennen werde: »Bitte den Spiegel in der Hand und in Halshöhe halten.« Es sei ja wohl klar, dass ich den Airport nur mit Suzette verlassen dürfe. Alles andere sei inakzeptabel, weil gefährlich. »New York, die U-Bahn, der Park, das Aus-dem-Haus-Gehen. Und lass dich von niemandem ansprechen.«

Ich fühle, wie das Kleingedruckte in mir verklumpt. Es macht mich schwer und unbeweglich. Ich würde mir am liebsten die Ohren zuhalten, wenn mein Welterfahrungsonkel anfängt zu reden. Ich würde am liebsten nackt und mitternachts durch den Central Park laufen. Ich würde mein New York am liebsten sofort mit dem monochromen Ölbild meines überlebensgroßen, überlebensstarken und natürlich über Leben und Kunst erhabenen Onkels beginnen.

Ich stehe, den Spiegel in der Hand, am Ausgang. Ich halte die spiegelnde Seite weg von mir, um das Indian-Summer-Licht einzufangen und die unbekannte Suzette, die ich mir als blonde Stiefmutter Schneewittchens vorstelle. Sie wird sich im Spiegel sehen und infolgedessen mich erkennen. Sie wird mich ins Wohnheim fahren und mich zum Essen ausführen. So hat mein Onkel es angeordnet.

Ich warte lange. Zu Hause ist es jetzt 2.00 a. m., und Suzette erscheint nicht. Vielleicht steckt sie im Verkehr fest. Eine Stunde warte ich, bis ich bereit bin, davon auszugehen, dass sie nicht auftauchen wird. Sie hat mich versetzt. Und auch wenn es mich damals aus der Fassung brachte, bin ich ihr bis heute dankbar dafür.

Am Taxistand teilt ein Afroamerikaner in Uniform Warteschlangen-Nummern aus. Seine Anwesenheit gibt mir ein sicheres Gefühl. Ein Zeuge, dass ich hier war. Dass ich eingestiegen bin in ein Yellow Cab mit registriertem Fahrer.

Ich überlege, ob er alle Fahrer persönlich kennt, vom Sehen und Grüßen und In-einem-Boot-Sitzen. Auch den, den er mir zuteilt? Den aus Ungarn, der sagt, ich hätte schöne Augen, sähe aber unglücklich aus. Und müde.

Kein Wunder. In mir drin ist es drei Uhr nachts, denke ich, sage es aber nicht, weil ich ihn nicht auf mein Inneres verweisen möchte. Genauso wenig sage ich, dass ich versetzt worden sei. Wer versetzt wird, ist schwach.

Er sagt: »If you ever need a ride, you need a cab. If you need a cab – catch the driver first.« Er muss wahnsinnig darüber lachen. Ich lache mit. Er weiß ja nicht, dass ich über sein Lachen lache. Mein Trinkgeld nimmt er nicht. Vielleicht ist er ja doch ganz nett. Zum Abschied tauschen wir die Telefonnummern. »For a happy outlook into the future«, sagt er.

Im Sloane House stelle ich mich in die nächste Warteschlange, die zur Zimmerregistrierung. Ich bekomme eins im vierzehnten Stock zugewiesen. Ein zweites, kleineres Arbeitszimmer teile ich mir mit Mirza aus Pakistan. Wir tun uns sofort zusammen. Und ich könnte mich sofort in die Halbmonde ihrer Augen hinter den halbmondförmigen Ausschnitten ihrer Verschleierung verlieben. Die Sätze, die sie sagt, könnten von meinem Onkel sein: »We cannot take the subway. We can share a cab. Don't forget your pepper spray …«

Wenn ich nicht so müde wäre, sage ich, würde ich jetzt gleich die Stadt zu Fuß vermessen. Und sehe, dass sie das, was sie verstanden hat, an meinem Englisch zweifeln lässt. Also teilen wir uns ein Taxi zur Fifth Avenue, weil Mirza sagt, die Fifth Avenue sei die sicherste Straße der Welt.

Ich habe wie immer alles dabei: meinen Ausweis und den Umschlag mit dem Scheck meines Onkels und eins der vielen Bücher, die ich gerade gleichzeitig lese, und einen Block und viele Stifte und was zu essen und zu trinken, etwas Süßes und was zum Schminken, einen Schirm und jetzt auch noch das Pfefferspray, das mir Mirza aus ihren Vorräten geborgt hat. Ich kaufe mir eine *New York Times,* die so schwer ist wie ein Stapel Taschenbücher, und sehe, dass es hier auch deutsche Zeitschriften gibt: den *Stern* und den *Spiegel*.

Wir biegen nach rechts in die Twelfth Street ab. In Haus Nummer 75 fragen wir uns zur Anmeldung durch. Fünf kleine Tische stehen da und die Unmasse Studenten, die registriert werden will. Mirza läuft apathisch hinter mir her, als ich die Schlange zurückverfolge bis zu ihrem Ende. Von den Registrierungstischen aus macht sie einen Knick nach links, verläuft quer durch die Eingangshalle, bildet dann eine Haarnadelkurve und umfasst noch einmal dieselbe Strecke zurück durch die gläserne Flügeltür in den schattigen Hof. Zwischen Herbstlaubbäumen und spät blühenden Sträuchern bildet sie mehrere kurze Schleifen, um sich ins Vorderhaus zu falten, läuft im Zickzack durch das Gebäude und dann, ich weiß nicht mehr –, hundert gefühlte Tausendmeter die Straße hinauf.

Schlangestehen passt so überhaupt nicht in mein Amerikabild. Das verbinde ich eher mit der Mangelwirtschaft im Ostblock.

»Ich kann nicht mehr«, sagt Mirza. Ich schaue auf ihre hohen Hacken hinunter, sage: »Gleichfalls.« Aber die Schlange hat uns inzwischen einverleibt. Wir wehren uns nicht. Jetzt gehören wir dazu. Wir kriechen mit. Meter wie Stunden.

Ich zähle auf, was ich alles weiß über New York. Und Mirza sagt: »I know, I know. Yes, Yes, I know.« Aber wir haben nichts davon, gar nichts, sage ich, nicht einmal eine Klimaanlage, während die Schlange in der brütenden Hitze des Hofes stagniert.

Mirza sagt, sie gehe kurz in die Cafeteria. Und ich sehe mich die Vögel im Hof hören, wunderbar fremde Klänge. Fremd wie eine andere Zeit, eine umgekehrte, in der die Schlangen noch viel, viel größer sein werden.

ALS ICH ANDY WARHOL TRAF

Irgendwann wird sie die Geschichte erzählen. Wem, weiß sie noch nicht. Einem x-Beliebigen wird sie sie nicht erzählen. Voraussetzung wäre, dass er weiß, dass es Andy Warhol überhaupt gegeben hat. Gleichgültig, woher, aus welchem Buch – *Künstler des 20. Jhdts.*, wo Andy unter W steht, oder *Pop Art*, wo er auf fast jeder Seite vorkommt, oder *Künstlerische Techniken von A–Z*, wo er unter S wie Siebdruck steht. Oder aus welchem der vielen Museen der Welt, Köln, Frankfurt, New York, Tokio, Abu Dhabi oder sonst wo. Hilfreich wäre, er würde die seriellen Unikate kennen. Wer sie kennt, liebt sie. Und ein echter Warhol-Fan wäre natürlich der Gipfel. Sonst, fürchtet sie, wäre die Geschichte für die Katz.

Die Geschichte hat viele Möglichkeiten. Mal steht Warhols Haut im Zentrum. Dann, dass er geschminkt war oder zumindest geschminkt aussah. Nicht geschminkt wie eine Frau, sondern so, wie eine verrückt gemaserte Mimikry ein wildes Tier geschminkt aussehen lässt.

Dann wird sie den Tag beschreiben. So einen gläsern klaren Tag Anfang September, einen, wie er in New York häufig vorkommt. Oder sie wird sich auf die Studentin konzentrieren, die die Eingangshalle der Schule betritt, die etwa in Höhe der Thirteenth Street liegt. Sie hat lange Haare, wie fast alle Studentinnen damals, ist lässig gekleidet, typisch Fine Arts. Oder sie zeichnet eine Totale von den Studenten der älteren Semester, die gerade dabei sind, die Eingangshalle herzurichten. Sie streichen die Wände.

»Ist ja nichts Außergewöhnliches«, wird sie sagen. »Ich kenne keinen Ort der Welt, an dem die Wände so oft geweißt werden wie in NYC: für jeden Gast, jede Party und nach jedem Fliegenschiss.« Sie wird den Schwarzen auf der Klappleiter beschreiben. Seine ausgebleichte und ausgefranste Jeansweste, seine schwellenden Armmuskeln, während er einen akribisch vorskizzierten Fleck mit violetter Farbe ausmalt. So einen poppigen Klecks mit vielen universalen Spritzern.

Oder sie wird das Team der Catering-Jungs ins Auge fassen, das wie zu einem Finale einzieht, um die aufgestellten Tische mit Papiertüchern abzudecken. Und vor allem George aus Barbados, den sie aus dem Kurs *Color and Design* kennt. Er jobbt auch in der *Maintenance*, aber an diesem Abend gehört er zur Catering-Truppe. So wie heute hat sie ihn noch nie gesehen: weißes Hemd, schwarze Fliege. Die Mannschaft baut den Getränketisch auf, befüllt Schüsseln mit Cookies und schokoladesatten Brownies. Eine stabile Geschäftigkeit füllt den Raum, sie wird sie vergleichen mit Szenen von Brueghel, dem Älteren oder dem Jüngeren – weiß sie jetzt gerade nicht. Eine Komposition jedenfalls, in der jeder seinen Einsatz kennt und die eben deshalb, Brueghel sei Dank, als Ganzes erscheint. Auch die ersten Gäste, die durch die geöffnete Tür hereinströmen und die weiß gestrichenen Hocker besetzen, die weißen Bänke und Stehtische, gehören dazu. Es ist laut und eng und wird lauter und enger.

»Ich habe bekannte Gesichter gesucht«, wird sie sagen. »Ich habe meine Freundin Roya gesucht. Meine Augen waren Suchscheinwerfer, auf die märchenhafte Roya aus.« Denn Roya war nicht nur die kleinste ihrer Freundinnen, sondern hatte auch von allen die schwärzesten Haare, die weißeste Haut und die größten und wärmsten Augen. Und Wimpern wie Hummelbeine. Aber die Superlative war nicht zu sehen.

»Immerhin«, wird sie sagen, sei ihr Suchblick über geweißte Haut und platinblondes Haar gehuscht. Kurz weitergedriftet zum großen George von der *Maintenance*, der als Fels in der Brandung dem Gedränge standhielt. Sie habe ganz abgedroschen an einen Bären gedacht, einen aus einem Dokumentarfilm über Kanada, der in reißendem Wasser steht, einen angefressenen Lachs zwischen Pfoten und Maul. Oder war es Rumänien – ein Wochenmarkt in Rumänien. Und ihr Blick schwirrte weiter, dann Vollbremsung, einhundertachtzig Grad Wendung, U-Turn. Das Ganze noch ein-, zweimal, und dann hängen geblieben am Platinweiß: Warhol.

Unablässig umschäumt von studentischer Gischt. Keiner kam zu ihm durch. Andy, das Auge des Orkans. Alle schienen ihn schon zu vermissen, obwohl er noch da war. Als produzierte sein Auftauchen bereits die Angst vor seiner Abwesenheit.

Ihre Furcht: sie könne dem, der ihr zuhört, nicht begreiflich machen, was Andy Warhols Anwesenheit für sie bedeutete. Deshalb hat sie es bisher keinem erzählt. Seit Jahren trägt sie die Geschichte in sich herum. Manchmal lag sie ihr schon auf der Zunge. Sie hätte sie zumindest ihrem Analytiker erzählen sollen. Aber sie ist geizig mit dieser Geschichte. Was, wenn sie sich abnutzt. Am Ende bleibt nichts übrig von ihr, nichts von Andy.

Sie wird sagen: »Ich wollte mit ihm sprechen. Ich wusste nicht, was. Irgendwas eben.« Irgendetwas würde ihr schon einfallen. Bloß nicht: wie toll seine Bilder / wie sie begeistert / der andauernde Widerspruch / dass er sich das erlaubt / würde gern mal in die Fabrik / fragen kostet nichts.

Einen Teil der Masse spült es in seine Nähe. Sie gehört dazu, irgendwie, am Rand, wird abgedrängt, landet bei George. Der große, schöne, weiche, gut riechende, liebenswürdige George hält eine letzte Schüssel Brownies hoch über den Köpfen. George versteht sofort. Er bahnt ihr den Weg dorthin, wo Andy Warhol inzwischen sitzt und mit Martica Sawin plaudert, der gutmütigsten aller Kunstgeschichtsprofessorinnen. Generationen von Studenten hat sie das Arkadische Lächeln gelehrt.

Auf jeden Fall muss sie etwas zu Andys Gesicht sagen. Sie fand es unglaublich von Nahem, wird sie sagen. »Es war wie der Mond durch ein Teleobjektiv.« Nicht der Mund lächelt, nicht das Gesicht, sondern sein Inneres.

Sie wird sagen: »Ich habe Hallo gerufen, und er hat in meine Richtung genickt.« Er habe sie aber nicht gesehen.

George aber zwinkerte ihr pausenlos zu. Und wenn ihn mal wieder eine Strömung, die ihn von ihr wegzuschieben drohte, erfasste, verdrehte er die Augen nach oben, wo die Schüssel schwankte. George behauptete sich so mühelos, dass er ihr außerdem noch Brownies anbieten konnte. Sie habe ihm die Schüssel aus der Hand genommen, wird sie sagen, den Arm ausgestreckt, in die respektvoll freie Mitte zwischen Andy und Martica. Sie wird sagen: Warhols Blick hat mich gestreift, und ich kam mir vor wie Liz Taylor auf dem berühmten Porträt. Er war überhaupt nicht entgeistert, eher ein bisschen geisterhaft. Martica lächelte und druckste herum, sagte, sie würde ja gern, dürfe aber nicht, eigentlich – griff aber zu, schob sich einen Brownie in den Mund. Andys Mund habe sich unmerklich verzogen, wie der Mund der letzten Liz, der pinken Version. Und nur andeutungsweise habe er den Kopf bewegt, während sie sich an der Schüssel festhielt. Und da öffnete Andy Warhol den Mund und sagte: »No, thank you. I get pimples.«

NATUR UND KUNST

Sie träumt schon lange davon, Natur und Kunst zusammenzubringen. Nicht als Verschmelzung und kein Als-ob. Sie wird ihren Hund, den lohfarbenen, in ihre Aktion integrieren.

In der Großstadt, in der sie lebt, geht sie mehrmals täglich mit Mick um den Block. Eine kurze Strecke: die unzeitgemäß gewundene Geschäftsstraße hoch, dann nach links in die von der Stadtplanung separierten Reste eines kleinen Parks hinein. Am Ende der ersten Etappe, bevor sie abbiegt in die Blickachse des Wasserschlosses, kreuzt sie das Sommerquartier zweier Obdachloser. Manchmal sind es drei, vier mit wirren Haaren, ungepflegten Bärten, von Weitem zu riechen. Vom frühen Frühjahr bis in den späten Herbst besetzen sie zwei Bänke in der Grünanlage, sitzen und rauchen und trinken. Oder liegen und schlafen ihren Rausch aus. Sind sie wach, grüßt sie. Sind sie in der Lage, grüßen sie zurück. Vor allem grüßen sie den Hund. Einmal hat einer nach Zigaretten gefragt, aber sie raucht nicht. Einmal hat einer um Geld gebeten, und sie war froh, dass sie keines eingesteckt hatte. Sie wollte nicht, dass sie Alkohol kaufen. Wollte zu den Guten gehören, wie ihr

Hund, der Bälle apportiert, die Leine trägt oder die Tageszeitung, die sie extra für ihn abonniert hat.

Sie kauft einen Henkelkorb, plastikweiß geflochten. Weide wäre ihr lieber gewesen, doch sie findet keine gebleichte Weide. Es soll künstlich wirken.

Wenn sie Mick den Henkel schmackhaft machen will, schnüffelt er daran, nimmt ihn aber nicht an.

Sie beginnt wieder zu arbeiten mit ihm, ihrem ausgebildeten Begleithund. Nach und nach füllt sie den Korb mit Leckereien, mit Früchten, Baguettes, Gemüse und Olivenöl, mit Eiern und einem Stück luftgetrocknetem Schinken und, wie es sich für einen Geschenkkorb gehört, mit einer Flasche Champagner (alkoholfrei).

Sie lässt den lohfarbenen Mick bei *Aristo-Dogs* blondieren, platinblond mit pinken Strähnchen, sie bindet ihm seidene Schleifen ins Fell. Micky in Pink. Stark und zart zugleich. Eine Fee. Eine Dragqueen.

Sie hängt ihm den Korb ins Maul. Positive Bestätigung, Leckerlis und Pawlow'scher Reflex, bis er den Korb am Henkel im Maul trägt wie sonst Leine und Zeitung.

An einem Samstagmorgen im September gehen sie die gewohnte Runde. Der Park liegt im Schatten. Am Abend zuvor hat es geregnet, es ist feucht und ungemütlich.

Ihre Videokamera läuft. Von den schönsten Momenten wird es Stills geben. Sie wird sie aufblasen, auf Leinwand drucken lassen und ihren Hund als Symbol für das Gute zur Schau stellen.

Sie nimmt Mick alias Garcia auf die linke Seite, gibt ihr Befehl, sich zu setzen. Hält dem Hund den Korb vor die Schnauze. Er schnüffelt, dreht den Kopf zur Seite, sie redet ihm gut zu, bis er ihn nimmt. Der Plan scheint aufzugehen. Sie weicht ein paar Schritte zurück, lockt ihn, filmt ihn. Er sieht wunderschön aus mit dem weiß-rosa Fell und dem Korb im Maul. Sie stellt sich wieder neben ihn und zeigt mit ausgestrecktem Arm in Richtung der Obdachlosen. Befiehlt: »Lauf, voran, voraus.«

Er hat sich aufgestellt, geht ein paar Schritte, bleibt stehen, dreht den Kopf zu ihr zurück, schaut sie an. »Lauf«, wiederholt sie, »voraus.« Er trabt los, die Richtung stimmt, die Videokamera läuft. Im Hintergrund der Aufnahme das Rauschen der Stadt.

Mick steht direkt vor zwei bis an die Scheitel in ihre graugrünen Schlafsäcke eingepackten Obdachlosen. Sie liegen Kopf an Kopf ausgestreckt auf im flachen Winkel zueinandergestellten Parkbänken. Sie filmt. Der Hund dreht den Kopf, sucht ihren Blick. Steht da vor den Schlafenden. Sie filmt die Schlafenden. Filmt, denkt sie, schlafende Schauspieler. Was für ein Desaster, denkt sie, und dass der Plan nicht darauf aus gewesen sei, Beckett links zu überholen, während die Kraft und das Konzentrationsvermögen des Hundes nachlassen, der Korb auf den Kiesweg fällt und die Flasche, die von Anfang an für ein bedenkliches Ungleichgewicht gesorgt hatte, aus dem Korb.

Sie weiß nicht, was dem Hund in die Nase gestiegen ist. Er verschwindet hinter den Bänken zwischen den Rhododendren, und sie sieht, wie er dort das Bein hebt.

TRÄUME

Ich wünsche ihm einen guten Morgen, und weil mir das nicht nett genug vorkommt, frage ich, ob er geträumt habe.
»Nein«, sagt er.
Gott sei Dank, denke ich und sage: »Träumst du überhaupt?«
»Ja, eigentlich schon«, sagt er.
»Ich immer nur zeitweise«, sage ich. »Und wenn nicht, vermisse ich etwas. Es fehlt etwas Entscheidendes.«
Mir fällt auf, dass ich öfter träume, wenn ich nicht zu Hause bin. Ich bin gern zu Hause.
Zu Hause sein und nicht träumen, denke ich, oder träumen und nicht zu Hause sein, und ob das eine mit dem anderen etwas zu tun hat.
Zu Hause versiegen die Träume. Warum sprudeln sie in der Fremde? Und was bedeutet das?
Er sagt, Träume an sich habe er gern. »Die Intensität mag ich und die Intensität der kurzen Zeitspanne nach dem Aufwachen. Die Erinnerung an etwas Unvergessliches, das nicht mehr zu greifen ist.«
»Ja, eine Minute später sind sie weg«, sage ich.
»Aber aufgeschriebene Träume öden mich an«, sagt er.

»Mich auch«, sage ich. Ich kann nicht nur aufgeschriebene Träume nicht ausstehen, mir sind schon erzählte zu viel.

Morgens im Bett, wenn er anfängt, mir zu erzählen, was er geträumt hat, will ich mir die Ohren zuhalten. Habe ich das gedacht oder geträumt? Ich höre nicht, was er sagt, aber seine schlaftrunkene Sprache gehört zum Tag, und meine Träume, die ihn nicht anlügen können, gehören zur Nacht.

EINDEUTIGER VERSUCH
EINER VERFÜHRUNG

Dass manche Frauen, bevor sie sich in den Behandlungsstuhl legen, schnell noch die oberen Knöpfe ihrer Bluse öffnen, erzählte mir, es muss im vorletzten Jahrzehnt des letzten Jahrhunderts gewesen sein, ein junger Zahnmediziner. Seitdem verbringe ich vor jedem Zahnarzttermin wenigstens eine halbe Stunde vor dem offenen Kleiderschrank. Es wäre mir sehr unangenehm, zweideutige Signale zu senden. Heute fiel meine Wahl auf die beige Cordhose und das graue T-Shirt. Darüber ein braunes, nicht mehr ganz neues Jackett.

Nach dem Arztbesuch lief ich, die Straße dampfte noch von einem Regen, den ich wohl während der Behandlung nicht bemerkt hatte, zur S-Bahn. Vor mir auf dem Asphalt lag eine Hummel auf dem Rücken – eine dieser kleinen, vorn in verschiedenen Beige- und Brauntönen gestreiften mit hellgrauem Hinterleib, und ich dachte: Für jede Gelegenheit richtig angezogen.

GELD

Er ist zufällig in der Stadt und will wissen, ob sie mit ihm zu Mittag esse. Sie denkt nach. Sie hat von ihm geträumt, und prompt hat er angerufen. Sie stellt keine Fragen. Das Telefongespräch ist erstaunlich entspannt. Seit sie sich vor zwei Jahren nach monatelangem Hin und Her und erbitterten Streitereien getrennt haben, war noch kein Telefonat so einfach gewesen. Sie hat ihn ständig an seine Lügen erinnert, und er hat sie daran erinnert, dass er nicht nur sie, sondern durch sie auch seine Ex verloren hat. Heute aber nichts als harmonische Einigkeit darüber, dass man sich wieder mal sehen sollte. Sie verabreden sich in einem kantonesischen Restaurant.

Auf seine Frage antwortet sie ihm, dass es ihr nicht so gut gehe, sie habe Geldsorgen, worauf er sofort einen Ein-Dollar-Schein aus der Jackentasche zieht, was sie wiederum für eine böse ironische Geste hält. Dann entdeckt sie, dass es ein Fünftausender ist, den er ihr hinhält. Sie zögert. Nein, kann sie nicht annehmen. Ihr fällt ein, wie sie tagelang erbittert gestritten haben und der Streit kein Ende nahm und wie zerstört sie sich fühlte, und denkt, es gehe um Wiedergutmachung, um den Wert, der ihre Schmerzen kompensieren solle. Sie weiß nicht, was in seinem Kopf vor sich geht, aber in ihrem beginnt das postfinale Aufrechnen, das, so gut kennt sie sich selbst, erst dann enden wird, wenn sie die Schmerzen, die sie ihm zufügt, selbst nicht mehr aushält. Aber so weit ist es noch nicht. Sie nimmt die Hände vom Tisch und steckt sie in die Taschen. Gott sei Dank hat sie statt des kurzen Rocks eine dunkle lange Hose angezogen. Sie kann unmöglich annehmen. Behalt es, hört sie sich sagen.

Kommentarlos wirft er ein ganzes Bündel Geldscheine auf den Tisch. Zum Glück sind sie die einzigen Gäste im Lokal. Geknüllte, gefaltete, gerollte Scheine, durch die er mit dem Daumen flippt. Vor ihren Augen separiert er eine Zehntausend-Dollar-Note und schiebt sie auf sie zu, und bevor er auch noch lächeln kann, vibriert sein Handy, und ohne zu überlegen, nimmt er an und dreht sich weg.

Sie würde den Schein gern anfassen, wagt es nicht, hebt ihre Handtasche auf den Schoß und kramt nach ihrer Lesebrille. Eigentlich würde sie viel lieber zählen. Von eins bis hundert bis tausend und hunderttausend, den ganzen Haufen, denkt sie, und dass sie so viel Geld noch nie in der Hand gehabt habe.

Er telefoniert, steht auf, geht hin und her. Wenn es seine Ex-Ex ist, wird er, so gut kennt sie ihn und das Preis-Leistungs-Verhältnis, das er den eigenen Lügen zugesteht, teilen müssen. Wie viel ist es? Sie würde es gern zählen, wischt mit der einen Hand nicht vorhandene Krümel vom Tisch, mit der anderen das Geld in ihre offenstehende Handtasche. Würde er, wenn er es sähe, sie daran hindern?

Sie wartet ab, schaut ihm beim Telefonieren zu, gibt ihm ein Zeichen, dass sie mal kurz für kleine Mädchen und Händewaschen und Auffrischen und Zeitüberbrücken ginge. Er winkt kurz zurück oder ab. Er hat gute Seiten, aber großzügig war er nie. Jedenfalls nicht zu ihr.

Sie durchquert das Restaurant – langsam, ein Energiebündel und gleichzeitig ein träger Haufen Staub auf dem Weg in den Windkanal der schmalen Straße vor dem Restaurant, scheinbar unentschieden, doch zielgerichtet. Es wird nicht leicht sein, einen ruhigen Platz zu finden, um das Geld zu zählen. Es wird wehtun, zu entscheiden, wie viel er zurückbekommt von seinem eigenen Geld für den Schmerz, den sie ihm zufügt.

In einer finsteren Ecke zwischen zwei schwarz gekachelten Gebäudesockeln bleibt sie stehen, atmet durch, vertraut auf die in der fernen Heimat gelernte Meditationstechnik, bis ihr Atem mit ihren Sinnen verschmilzt und ihre Sinne mit der Stadt verschmelzen. Diese Metropole kommt ihr nur deshalb fremd vor, weil sie nichts versteht von den vorüberwehenden Gesprächsfetzen. Klingt wie Chinesisch oder Koreanisch. Sie hat Angst. Sie versucht das Geld in ihrer geöffneten Hand zu verstecken. Keiner soll merken, was sie tut. Es ist sehr, sehr viel Geld, mehr, als sie gedacht hat. Die Scheine in der Mitte des Bündels sind fast ausschließlich Hunderttausender – und davon etwa fünfzig. Sie möchte einen behalten. Und den Fünftausender auch, den hat er ihr ja geschenkt. Und den Zehntausender dazu. Vom gerollten Bündel höchstens ein Drittel. Ein Drittel für seine Ex-Ex, ein Drittel für sie, eines für ihn.

Der Gedanke, wie gut sie die nächsten Jahre versorgt sein wird, macht sie froh. Sie wird ihre Schulden abbezahlen und sich einmal die Woche eine Massage leisten können. Sie könnte sich auch ein Auto kaufen, ein kleines, irgendeinen Mini. Und sie wird im Bioladen einkaufen, ohne auf die Preise zu schauen.

Sie läuft zurück, Richtung Restaurant. Sie geht über die Brücke, über die sie schon zwei Mal gegangen ist – eine gewagte, eine stolz schwebende Konstruktion. Natürlich hat sie von den deutschen Architekten gehört, die in China ihr Glück gemacht haben. Sie zählt die Querstraßen bis zu der, in die sie einbiegen muss, kehrt um, versucht die Spur von der Brücke aus neu aufzunehmen. Es gelingt nicht. Sie findet die Straße nicht mehr, in der das Restaurant liegt. Sie meint im Bahnhofsviertel zu sein, in jeder größeren Stadt der Welt ein gefährliches Viertel.

Es kann nicht mehr lange dauern, bis er merkt, dass sein Geld weg ist, und denkt, sie habe ihn bestohlen. Aber sie wollte ja nur den Fünftausender. Und den Zehntausender. Und viel weniger als die Hälfte vom Ganzen.

IHRE WIRKLICHKEIT

Wird sie später auch aussehen, als käme sie gerade aus einem Mega-Monstersturm? Sieht man erst so aus oder ist man erst alt? Beginnt es am Ende mit einem Blick auf den Hals dessen, mit dem man gerade spricht, oder gehen Aussehen und Alter Hand in Hand wie ein nahtloses Paar? Bei ihr springt das Leben in Katastropheneinheiten. Von Krankheit zu Krankheit. Jede Krankheit verläuft stürmisch. Jede Krankheit sieht man ihr an wie eine Begegnung mit Szylla und Charybdis.

Was müsste sie tun, um schmerzfrei von der Jugend ins Alter zu kommen? So wie im Zeitraffer auf einem grünen Smoothie weißer Schimmel wächst. Oder wie den Schafen aus Schafmilchseife Haare aus schwarzem Schimmel wachsen.

In den Sümpfen von Florida, in den Everglades, hängen den Bäumen Moose und Flechten von den Ästen.

In der U-Bahn sitzen Leute, deren Pickelgesichter den Zustand ihrer Därme spiegeln, sie lassen die jungen und alten Finger über Handyscreens schliddern wie über flutlichtbeleuchtete Kunsteisbahnen. So herzzerreißend schön, krank und übel sie aussehen, sie haben ihr etwas voraus:

haben einen Anfang gefunden, dem sie treu bleiben. Sie, während sie neben ihnen in der U-Bahn sitzt, ist keinem treu geblieben. Sie meint, um treu zu sein, braucht es keinen Anfang, denkt, die Treue verbindet nicht Anfang und Ende, sondern das Ende mit dem Anfang. Nun ahnt sie etwas von der Endlichkeit, aber es ist eine Projektion.

Ja, denkt sie, aber Projektionen sind Gebärden. In einen Ballsaal gezeichnete, leichtfüßige Figuren, die tanzen, wie ein nasser Hund sich schüttelt, um sein Fell zu trocknen. Gebärden, die immer und überall auf einen Zug aufspringen, immer und überall einschlafen können.

Sie nicht. Sie liegt lange wach. Nachts wach, wächst der Nacht ein Körper. Sie versucht ihn zu zeichnen. Sie kann den Körper zeichnen und auch den Kopf. Doch nicht den Hals. Der Hals ist die Schwachstelle.

ZUM X-TEN MAL

Sie kennt seinen Körper, weiß, wie er riecht, wie er aussieht, sich anfühlt und wie er atmet, wenn er auf dem Rücken schläft, wenn er sich zu ihr dreht. Wie er atmet während der Träume, von denen sie nichts wissen will. Seit seinem Zahnimplantat hat sie ihn nicht mehr richtig geküsst. Also geknutscht. Wie Mädchen Jungs küssen. Mit Knutschflecken als Trophäen, die sie im Spiegel bestaunte. Und der Zigarette danach. Zuletzt wartete sie nur noch kurz auf den Schlaf, den süßen, der ihn auf Anhieb fand. Ein Schlaf ohne Vorspiel, der postorgiastisch heranrauschte: eine Kutsche aus weißen Kranichfedern, die ihn aufnahm wie ein verwöhntes Einzelkind. Und sie blieb liegen, versaut, verwaist, verwitwet. Und voller Neid.

PLOPP

Es befriedigt sie, am Bildschirm zu sitzen und Anzeigen zu lesen. Anzeigen aller Art, *CompraVenta*. Am Bildschirm sitzen, verbunden mit der ganzen weiten Welt. Die Welt schaut zum Fenster ihres Bildschirms herein, und sie (nicht die Welt) hat das Sagen: Ja und Nein. Du ja, du nein. Klick und aus.

Die Verbindungen sind die Welt.

Sie gehört dazu:

plopp

ALIAS

Ihr Desktop sei zu voll, sagt er. Sie solle ihn leeren. Die Dateien vom Schreibtisch runter auf die Festplatte schieben, sagt er. Und wie wäre es mit einer Back-up-Festplatte? Sonst sei die Katastrophe vorprogrammiert.

Sie stößt andauernd auf Bilder, viele, viele Bilder, die sie berühren und die sie nicht vergessen will. Viele sind Hunderte und könnten leicht tausend sein.

Dann lägen sie, sagt er, übereinander.

Sie klickt sie weg, sie klickt sie an, wieder weg und wieder an. Sie interessiert sich für Gruppen, Haufen, Mengen, Strukturen der Masse. Sie speichert die Bilder auf dem, was er eine *Partition* nennt, und ihre Aliasse auf dem Schreibtisch. Er rät ihr zu einem aktuelleren Speichermedium – zu einer *cloud*.

Sie sagt: »Eine Wolke würde passen.«

Er fragt: »Zu was, zu deinen Interessen oder zu deiner Vertrauensseligkeit?«

Sie fühlt, dass sie dauernd hinterherhinkt. Hinter den Begriffen, hinter der Technik, der Zeit. Nur ihr Schreibtisch strahlt Ruhe aus: Alias neben Alias neben Alias. Alphabetisch geordnet. Das Alias des Alphabets.

MEINE ZEIT

»Die Zeit zerdehnt den Geist«, sagt der Weltmeister im Hindernislauf in einer Talkshow.

Ja, denke ich, stimmt. Und dass auch der Raum mit allem, was darin stattfindet, Sprache, Körper, Wettlauf, an den Wettlauf denken, in Bildern, in Träumen, den Geist zerdehnen kann. Dann denke ich, dass ich den Satz nicht mehr verstehe. Ich verstehe mich nicht mehr. Was hat er gemeint? Der Satz, der Sportler.

Was also googeln? Ich rätsle. Wenn die Zeit den Geist zerdehnt, was tut sie dann? Wie fühlt sich das an? Ich suche nach einem Bild des Läufers und ziehe es groß.

Ich müsste mir eine Liste erstellen über alles, was mir am Tag durch den Kopf geht. Dann wüsste ich, was die Zeit mit dem Geist macht. Meine Zeit mit meinem Geist. Der Gedankenfluss wäre die Zeit und der Geist ein kleines Volumen im Kopfraum. Aber mein Kopf will mit der Zeit nichts zu tun haben. Er sortiert auf eigene Faust.

In einem Café treffe ich eine Frau, mit der ich vor Jahren zusammen in einer WG gewohnt habe. Sie hat ihre siebzehnjährige Tochter mitgebracht. Wir trinken Cappuccino und reden von alten Zeiten. Erste heimliche Zigaretten. Tanzstundenabschlusspartner. Keine weiß genau, was aus ihrem geworden ist. Sie sagt: »Das Kleid, das ich damals getragen habe, habe ich lange aufbewahrt.« Mir fällt auf, dass ich nicht mal mehr weiß, was mein Tänzer anhatte. Ich kann mich nicht daran erinnern, je mit ihm getanzt zu haben. Sein Körper hat keinen Eindruck hinterlassen. Aber jetzt, wo ich danach suche, vermisse ich ihn.

Die Tochter verfolgt jedes Wort. Hört zu, wie ein Raubvogel vom Landstraßenrand auf den Verkehr schaut. Klarer, glänzender Blick, die Pupillen geweitet. Sie beobachtet ihre Mutter, die sich eine Zigarette anzündet.

»Rauchst du auch?«, frage ich sie. Es ist, als stellte die Vergangenheit der Gegenwart eine Frage, um mit ihr ins Gespräch zu kommen.

Die Gegenwart schüttelt den Kopf. Sie geht zur Schule, manchmal tanzen.

»Und?«

»Ich mache gerne Sport«, lacht die Gegenwart.

»Welchen?«

»Jeden«, sagt sie und fügt hinzu, ihre Mutter habe ihr verboten, Leichtathletik zu machen.

»Stimmt nicht«, und: »Warum sollte ich?«, sagt die Mutter.

»Hast du aber«, sagt die Tochter empört. Doppelt empört, weil die Mutter ihr Leichtathletik verboten hat und weil die Mutter es jetzt abstreitet.

»Aber dafür hast du mit Tennis angefangen«, sagt die Mutter. Man könne ja nun mal nicht alles machen.

Sie hätte aber, sagt die Tochter wütend, lieber Leichtathletik gemacht. Beim Tennis lerne man ja keinen kennen. Leichtathletik wäre ihr sicher leichtgefallen, und sie hätte Leute kennengelernt. »Da wäre mein Leben sicher ganz anders verlaufen.«

ANDERS ALS ALL
DIE ANDEREN

»Seit ich mich in den jungen Afghanen verliebt habe«, erzählte sie, »kann ich das Wort *Flüchtling* nicht mehr hören. Überhaupt keine Wörter mit ling am Ende. Wüstling, Schädling, Engerling. Auch Schönling gilt nicht mehr. Ich sage: Wüster, Schadender, Wurm des Nashornkäfers und der Schöne. Den Schönen habe ich lange Zeit *Mann auf der Flucht* genannt, was noch eine Weile lang ein Geheimnis bewahrte. Aber inzwischen nenne ich ihn beim Vornamen.

Ich habe ihn in einem Begegnungscafé kennengelernt, für das ich Kuchen gebacken habe. Er hat mich *Tante* genannt. Vielleicht war es das Nächstliegende zu Mutter, zu Frau, zu Liebste. Eine Zusammenfassung sozusagen. Nie und nimmer ein Hinweis auf seine Position als Neffe. Mein Tabu wäre der Sohn meiner Schwester. Selbst der Schwester, die ich nicht habe.

Meinen Mann nennt er immer noch *Onkel*.

Wir haben ihn in dem Heim, in dem er mit über dreihundert anderen untergebracht war, besucht. Ich muss sagen, er ist anders als all die anderen, und natürlich bin ich mir über die Kitschkomponente dieser Aussage im Klaren.

So nahm es seinen Lauf. Wir luden ihn zum Essen ein. Es folgte ein Ausflug in die Innenstadt. Besuch im Museum, danach Peek & Cloppenburg. Neues Outfit. Da hätte er tatsächlich als Student durchgehen können – bei seiner Intelligenz und Zuvorkommenheit.

Und ich muss sagen, dass ich es durchaus nicht als unhöflich empfunden habe, als er, der doch, was er mir höflich zu verstehen gegeben hat, noch Jungfrau sei, mich, die, in seinen Worten, reife Frau, kaum dass mein Mann in der Konditorei verschwunden war, um Kuchen zu kaufen, gebeten hat, ihn einzuweisen.

Das war ein schöner Schock. Und ich habe mich heftig gewehrt: Auf keinen Fall, ich bin verheiratet. Ich nannte mich nicht nur eine *verheiratete*, sondern auch eine *reife Frau*! Was denkt er sich? Unmöglich. Ich bin rot geworden. Aber im Nachhinein klang mir das zu hart und in Verbindung mit meinem Erröten einigermaßen unglaubwürdig.

Also habe ich nachgedacht und werde ihm nun anbieten, ihm zwar nicht praktisch, aber zumindest theoretisch behilflich zu sein. Und wenigstens nennt er mich seither nicht mehr *Tante*.«

ABSTRACT

Eine junge Frau meldet sich zu ihrem Schreibworkshop an. Im Vorgespräch sagt sie, sie habe schon Schreibkurse besucht. Mehrere. Habe viel gelernt. Sei aber noch nicht da, wo sie hinwolle.

Ihr als durchschnittlich empfundenes Leben soll eine Geschichte werden. Soll sich, wie jede Geschichte – jede gute Geschichte –, in wenigen Sätzen erzählen lassen. Das hat sie im letzten Schreibkurs gelernt. Kurze Sätze mit ein paar kurzen Nebensätzen dran. Alles in allem kurz und kräftig.

Ihre Eltern sind Musiker. Sie arbeitet im Eventmanagement. Da dreht es sich immer um Orte, die zu *Locations* werden. Auf den Punkt gebrachtes Leben.

Dazu die weiten Wege, die sie zurückgelegt hat und immer noch zurücklegt. Schon als Kind saß sie ständig im Flieger. Von Ort zu Ort, und von Mal zu Mal werden die Orte kleiner. Tauchen auf wie Spielzeug und verschwinden unter ihr, weil sich die Maßstäbe ändern. Einen kleinen Heimatflughafen hat sie nicht, dafür eine ausgedehnte Flughafenheimat. Und außerdem eine zweite, heimliche Heimat: ihre Erschöpfung.

Ob sie denn einen Text dabeihabe, den sie vorlesen wolle, fragt die Kursleiterin.

Einen ersten Text habe sie abgebrochen, sagt sie. Danach sei ihr nichts mehr eingefallen. Außer Fragen. Lauter Fragen. Es seien immer mehr geworden. Am Anfang habe sie die aufgeschrieben. Bald aber gemerkt, dass eine Frage sich nur mit einer nächsten Frage beantworte. Das habe sie nicht ausgehalten.

Zu Kursbeginn erzählt die Kursleiterin die Geschichte der Frau aus dem letzten Kurs. Die, die ihr Leben als einen Haufen aus Fetzen und Scherben bezeichnete. Das Geschriebene sollte das zerrissene Leben kitten. Die Lawine aus Liebhabern und Ehemännern und vaterhungrigen und von Ersatzvätern übersättigten Kindern wie Zeitbomben, die angefangenen und abgebrochenen Ausbildungen.

»Diese Frau«, sagt die Kursleiterin, »brachte einen fünf Zentimeter hohen Stapel beidseitig bedruckten Papiers mit und legte ihn gleich am ersten Tag jenes Kurses auf meinen Schreibtisch.«

»Am liebsten«, sagt die Kursleiterin, »würde ich den wie einen Brautstrauß hinter mich werfen«, habe sie gesagt, dann aber den Haufen über die volle Breite des Schreibtischs, hinter dem sie sich verschanzt hatte, von sich fortgeschoben. Und langsam weiter, bis über die Tischkante. Bis diese Zumutung abzustürzen drohte – in das Noch-Nichts zwischen ihr und den Kursteilnehmern.

»Literatur sei«, sagt sie, habe sie gesagt, »nicht das Ordnen von Chaos und Unsicherheit, sondern dieser Stapel da, egal, ob weiß wie die Unschuld oder vollgeschrieben mit nichts, aber immer bereit, abzustürzen.«

»Lesen Sie uns was vor«, habe sie zu der Frau gesagt. Und »Ouups!« geschrien. Und während die dreihundert beidseitig dicht bedruckten Seiten, die über eine Million Zeichen, die 1800 Zeichen pro Normseite zu Boden gegangen seien, habe die Autorin schnell noch ein Bruchstück von einem Bruchstück dieses ihres Lebens aus den fliegenden Blättern an sich gerissen.

Was sie erwischte, war: ein frühlingshafter Vormittag in München und ein Afrikaner, der sie auf der Sendlinger Straße anspricht. Was er sagt, weiß sie nicht mehr. Aber dass er lacht. Also sie auch. Und als er pfeift, taucht ein um eine Schattierung dunklerer Freund aus einem Hauseingang auf, der eigentlich aber von der Elfenbeinküste kommt.

Er spricht Englisch wie ein Franzose und heißt auch wie einer – Christian. Sie lässt sich von ihm seine Wohnung zeigen, irgendwo draußen beim Olympiazentrum, Stahlbeton aus den Siebzigern, zehnter Stock. Dort wohnen mindestens noch sieben weitere Freunde. Ein ständiges Kommen und Gehen. Sie sagt, dass sie bei ihren Eltern lebe. Von Gern, wo sie seit zwei Jahren mit ihrem Freund mehr wohnt als lebt, erzählt sie nichts.

Im Nymphenburger Park werden sie sich küssen, in einer Bar am Marienplatz Gin und Tonic teilen, am Westeingang des Hauptbahnhofs wird einer ihnen »Sau, du dreckerte« hinterherrufen. Meint er sie oder ihn? Sie schaut erschrocken zu Christian, der scheinbar nichts verstanden hat. Soll sie ihm das übersetzen? Sie erzählt stattdessen von den Problemen mit ihren Eltern, die immer nur hören wollen, wie viel sie nicht verdiene. »Ehrlich«, sagt sie, »meine Eltern können etwas Außergewöhnliches: Sie hören dir zu, und durch ihr Hören kritisieren und bemitleiden sie dich. Ohne dass sie ein Wort sagen.«

Er sagt, er verstehe sie – ihre Eltern. Sie fühlt sich verletzt. Gekränkt. Was bedeutet ihm eigentlich, dass sie so jung ist wie er? Dass er sagt, er wolle sie heiraten, hat mit alledem nichts zu tun.

Ihr Freund in Gern, etwas älter als sie, treibe es inzwischen mit einer Frau, die etwas älter als er sein soll. Lügt er jetzt, weil er sie mit ihr betrogen hat?

Sie zieht sofort aus der Wohnung aus. Weg von ihm. Weg von München, nach Frankfurt.

Im Herbst erreicht sie ein Anruf ihrer Mutter aus Würzburg. Sie meint aus der mütterlichen Stimme eine gewisse Verzweiflung herauszuhören. Eine selbstgewisse Verzweiflung, die, sagt sie sich, eigentlich mit Mutters masochistischem Verhältnis zu Vater zu tun haben muss, es aber noch jedes Mal schafft, wie eine Verzweiflung zu klingen, die geradewegs auf die Perspektivlosigkeit der einzigen Tochter zielt.

Ein Ausländer habe angerufen, von einem Mobiltelefon aus. Ein Englisch sprechender Franzose aus München. Einen Namen habe sie nicht notiert, aber eine Nummer.

Sie setzt sich in den nächsten ICE nach München. Ruft Christian an, der sie nicht abholen kann vom Bahnhof, oder nicht will, der *dreckerten Sau* wegen. Vielleicht. Ganz egal, ob er oder sie gemeint gewesen ist. Auf jeden Fall sei sie sein Gast, erstens im *Sofitel*, an dem er Anteile besitze, über einen inzwischen geschlossenen Immobilienfonds, und zweitens in seinem African-Club. Er nennt ihn *classy*, sehr schick, sehr hip, überhaupt nicht *sleazy*.

An ein paar der Gesichter meint sie sich dunkel zu erinnern. Sie sitzt an der Bar, lernt Florence kennen, die ihr Emma vorstellt. Geneviève aus Guinea-Bissau, Emma aus Eritrea. Sie denkt, das lässt sich gut merken. Auch wenn Guinea-Bissau und Eritrea, muss sie sich sagen lassen, so weit auseinanderlägen wie Sizilien und Norwegen. Von Christian keine Spur. Also tanzt sie mit Emma. Mit Emma, dem noch jüngeren Mann aus Eritrea.

»Cheer up, cheer up.« Was meint er damit? Während er sie spielerisch boxt, während er sie weder zu küssen noch zu analysieren versucht, während er tanzt, nicht mit ihr – er hält sie nicht in den Armen –, aber für sie. Oder für sich. Und sie beide frei. Füreinander. Ihre Mutter hätte gesagt: auseinander.

Und da sei sie, liest sie vor, das erste Mal in ihrem Leben beim Tanzen gekommen. Auf der Tanzfläche, zwischen den Tanzenden. Gekommen ohne Berührung.

Nach einer kurzen Stille klopfen die Kursteilnehmer, sowohl die vom letzten Kurs als auch die vom jetzigen, auf die Holztische. Und das Mädchen, das ihr Leben beschreiben will, murmelt: »Genau. Genau.« Das genau hätte sie auch schreiben können. »Eins zu eins«, sagt sie, »dieser Text könnte eins zu eins von mir sein. Wenn ich nicht andauernd ununterbrochen damit beschäftigt wäre, nach einem Mittelpunkt zu suchen. Das kostet mich alle Zeit und Kraft und Nerven. Obwohl es nur darum geht, ein oder zwei Orte zu finden. Möglichst so dicht beieinander, dass man vom einen zum anderen laufen kann. Aber ich kann mich nicht entscheiden. Entscheidung bedeutet immer Reduktion. Und ich versuche mich, seit ich mich kenne, im Gegenteil. Das heißt dann ein Schlösschen und ein Park oder ein Haus mit Garten, um die Ecke das Meer, weit wie ein Gewerbegebiet mit EDEKA und REWE, mit ALDI und Nahkauf und Bofrost, Pool oder Schwimmteich, Club Darling und Bikiniinseln.« Dann, sagt sie, führe Runde um Runde um eine Mitte herum, über die sie selbst nie gewagt hätte auch nur ein Sterbenswörtchen zu verlieren. Höchstens, dass Emma sehr wohl begriffen habe, dass die Frau aus dem letzten Kurs da mitten auf der Tanzfläche einen Orgasmus hatte.

Die Kursleiterin glaubt, dass bei ihr Orte das zentrale Motiv seien.

Das Mädchen sagt, das glaube sie nur. Sobald sie sich auf einen Ort einlasse, werde die Geschichte eine ganz andere und völlig überraschende Wendung nehmen.

Denn eigentlich sei sie auf etwas anderes aus.

Bin die Treppe hinaufgerannt, habe die Zimmertür aufgerissen, dann die Tür zum Balkon. Der Duft der Glyzinie. In dieser Atmosphäre kann passieren, was will. Städte wie Essen, Geschichten auf verlassenen Gutshöfen in der Eifel, die Abgründe des Flachlands rund um Berlin. Aber erzählt, als habe Truffaut eine Schauspielerin gebeten, mal kurz ein paar Worte über ihren Ex zu verlieren.

UNTERWEGS ZUHAUSE

Die Schweizer Bundesbahn (SBB) wirbt am Straßenrand mit dem Plakat *Unterwegs zuhause*. Es zeigt ein süßes kleines Mädchen in einem Zug.

Traue ich der Werbung wie dem Kind, ist *Unterwegs* ein gleichzeitig überspannt-bewegter wie wohlig-statischer Zustand. Eine beruhigende Einheit von Werden und Sein.

Ich will es glauben, um an mich glauben zu können, an die *Reise daheim,* wo ich habe, wovon ich träume: Tempo und Stillstand, Raserei und Ruhe.

ENTWEDER ODER

Sie schreibt Tagebuch, um später, irgendwann später, feststellen zu können, was mit ihr los gewesen ist.

Eben gerade will sie wissen, was vor drei Jahren mit ihr los war.

Sobald sie es weiß, notiert sie, was sie weiß, in ihr Tagebuch.

Eine Art *Abstract* ihrer selbst zum Zeitpunkt X.

All diese prägnanten Kurzfassungen, untereinander aufgereiht, werden zeigen, wer sie ist.

Sie schreibt: Bis jetzt sieht es ganz so aus, als wären ich und der unmögliche Blick, mit dem ich meine Welt ordne, eins. Entweder ist das nicht möglich, oder es ist eine unmögliche Welt.

UNS BEIDE

Sie mag es nicht, wenn man zu ihr sagt: »Was schaust du so böse?« Oder: »Dir ist wohl eine Laus über die Leber gelaufen!« Den Vogel abgeschossen hat eine frühere Kommilitonin, heute mit einem Psychiater verheiratet. Erst beklagte sie sich eine halbe Stunde lang darüber, dass sie wie nicht bei sich selbst sei, wie miserabel sie sich fühle, wie ausgelutscht und durch den Wind, und dann sagte sie zu ihr: »Du siehst genau so aus, wie ich mich fühle.«

Dabei findet sie das Leben toll, und sie fühlt sich prima. Ihr Exfreund schreibt ihr ab und zu Postkarten aus seiner neuen Heimat Berlin. Und unten steht jedes Mal: *Ist es nicht toll, dass es uns beide noch gibt?*

Sie weiß, auch wenn sie sich tatsächlich toll fühlt, dass er damit nicht *sie beide* meint, sondern sich und außerdem sie. Er freut sich wahrscheinlich über die Entfernung, die zwischen ihnen liegt, während sie sich an ihren Schmerz und daran, wie schlecht sie sich damals gefühlt hat, erinnert.

BEGEGNUNG

Sie ist schön. Ich bin sofort hin und weg. Sie ist nett. Ich habe sie sehr gern. Ja, und sie ist klug. Aber das steht auf einem anderen Blatt.

Von ihr möchte ich gemocht werden. Sie ist mir anders fremd, als ich mir fremd bin. Vom Hörensagen weiß ich, dass sie schöne Frauen nicht mag.

Ich möchte schön sein wie sie. Die Begegnung mit ihr wird es zeigen: Wenn sie nett ist zu mir, findet sie mich nicht schön. Ich frage mich, ob ich sie mögen kann, wenn sie mich nicht schön findet.

Ist sie nicht nett, bin ich schön in ihren Augen. Aber dann mag sie mich nicht. Und ich frage mich, ob ich es schaffe, sie zu mögen, wenn sie mich nicht mag.

AUS DER SCHUBLADE

»Machen wir das Abendessen«, sagt ihre Mutter. Es ist eine Frage ohne Fragezeichen.

»Ja klar«, sagt sie.

»Möchtest du den Salat anmachen«, sagt die Mutter.

»Aber ja.« Ein großer Löffel Olivenöl. Ein zweiter.

»Du passt schon auf, dass du ihn nicht zu sauer machst«, sagt die Mutter.

»Ja klar«, antwortet sie. »Sag mir einfach, wie viel Essig reinsoll.«

»Ich weiß nicht«, sagt die Mutter, »kommt drauf an, wie viel Öl schon drin ist. Mach, wie du denkst. Nur nicht zu viel Salz.«

Sie hält der Mutter das offene Salzfass hin. Die Mutter greift großzügig hinein, streut in einem Schwung eine große Prise über den Salat.

»Und wie viel Essig hast du genommen?«

»Nicht viel.«

»Gerade der Essig muss genau bemessen sein. Nicht direkt aus der Flasche wie gestern. Gestern war der Salat ungenießbar. Nicht mehr als zwei Esslöffel.«

Sie fragt: »Auf drei Esslöffel Öl?«

Dann mischt sie den Salat. Beim Mischen denkt sie: Es ist egal, was ich denke.

Sie denkt an frische Walnüsse und daran, dass sie ihr nie unter den nackten Fußsohlen aufbrechen werden.

Sie sagt: »Probier mal.«

Die Mutter greift zwei Blätter heraus, sagt: »Schmeckt fad. Wo ist der Essig?«

Sie reicht ihr die Flasche.

Die Mutter sagt: »Möchtest du vielleicht noch Kräuter.«

»Ja klar.« In der Schublade liegt ein japanisches Fleischmesser mit dem schönen Namen Nishida Shirogami Yanagiba Mirror. Sie greift es sich und geht in den dunklen Garten hinaus.

PPS

Sie hat sich für einen Hund aus dem Tierheim beworben, einen schönen, etwa sechs Monate alten Rüden aus Katalonien: Er und sein Bruder seien als Welpen gefunden worden, beide extrem schwach. Man habe sie aufgepäppelt, und zumindest der Bruder sei schnell wieder auf die Pfoten gekommen. Der Hund hat dickes, schwarz-braun meliertes Fell, helle Augen.

Die Organisation schickt ein Video. Er und sein Betreuer, den sie am liebsten gleich mit adoptieren würde. Einem Menschen mit so hellen Augen, der so liebevoll mit Tieren umgeht, will sie nicht widerstehen. Hund und Betreuer gehen im Kreis. Der eine hütet den anderen. Sie wären perfekt füreinander.

Für die Bewerbung muss sie ein Formular ausfüllen, muss ziemlich viel Privates preisgeben. Es wird nach der räumlichen Situation gefragt und ob sie genug verdiene, ob Kinder im Haus seien und/oder weitere Tiere und ob sie vorhabe, den Hund kastrieren zu lassen. Ja oder nein.

Die Organisation kündigt eine freie Mitarbeiterin zur Vorkontrolle an. Sie wartet drei Tage, eine Woche. Nach zwei

Wochen findet sie eine Nummer auf dem Anrufbeantworter. Sie wählt sie an, doch keiner hebt ab. Nach mehreren Versuchen meldet sich eines Vormittags eine verschlafene Frauenstimme.

Sie entschuldigt sich für die Störung, fühlt sich aber im Recht, da es schon nach elf ist. Sie verabreden einen Termin. Zwei Stunden vor der Verabredung sagt die Frau ab, bittet um Verschiebung. Sie besteht auf dem vereinbarten Termin.

Vor der Tür steht eine übergewichtige, schwitzende Blonde. Sie bittet sie ins Haus, in die Küche, aufs Sofa. Die Frau packt ihren Computer aus, hängt ihn ans Netz – der Akku spinne. Sie startet eine fünfundzwanzigminütige Diashow ihrer Lieblinge: drei eigene Hunde, zwei in Pflege. Die Namen, was sie fressen, die Krankheiten. Und sie will wissen, wie groß das Haus sei und wie groß der Garten.

Sie beantwortet alles.

Und ob Kinder da seien.

»Nein.«

»Klingt gut«, sagt die Frau. »Wie viele Personen?«

»Zwei.« Es gebe also, auch wenn sie mal beruflich unterwegs sei, kein Problem. Der Hund bleibe auf keinen Fall allein, da ihr Mann ...

»Oh! Ein Mann ... An alleinstehende Männer vermitteln wir grundsätzlich nicht«, sagt die Blonde. »Übrigens auch nicht an Ausländer.«

Sie versteht nicht, will es nicht verstehen. Sie will den Hund und geht das Formular, das sie vor fast einem Monat ausgefüllt zur Post gebracht hat, noch einmal Punkt für Punkt durch.

Als die Frau ihren Computer schließt und zum Abschied den Hund streicheln will, weicht der Hund aus.

Sie versucht ihn zu beruhigen, aus Angst, die Frau meine, ihr Hund habe Angst vor Menschen.

Eine Woche später bekommt sie eine E-Mail. Die Vorkontrolle sei hervorragend ausgefallen, der Hund aber zwischenzeitlich an eine noch passendere Familie vermittelt worden.

PS: Ich hasse es, nicht positiv zu antworten.

DENKEN UND SPRECHEN

Sie sagt nichts. Fragt sich nur, ob denken und sprechen vielleicht einfacher ist als denken und nichts sagen. Denkt, Denken und Nichtssagen haben sie jahrelang in Schach gehalten wie ein dummes Patt.

In der Schule war sie zu schüchtern, um vor der Klasse zu sprechen. Sie wusste aber auch, dass Abschalten keine Lösung ist. Abschalten ist tödlich. Vielleicht wäre sie heute eine völlig andere, wenn sie diesen Satz damals laut ausgesprochen hätte. Aber da war keiner, der zuhörte.

Jetzt sagt sie, dass sie andauernd und immer wieder und sehr dringend (dringender als andere) einen Einstieg nötig habe. Sie sagt: Ich bräuchte jemanden, der mich hereinbittet. Das Leben steht mir, wie die Handlung eines Films, verschlossen gegenüber. Ich werde nicht warm mit dem Tag, der Nacht, mit den Leuten auf einer Party oder Leuten, die ich beruflich treffe oder die mir zufällig begegnen. Verkäuferinnen, Dachdecker, das Paar nebenan, Kinder, die zur Schule gehen, oder irgendwer in der U-Bahn oder, wie in amerikanischen Filmen, an der Hotelbar.

ZEITVERZÖGERUNG

Ein paar Jahre lang hat sie mit einem Mann in Texas gelebt. In einer Siedlung vierstöckiger und in interessanten Winkeln zueinander aufgestellter Mehrfamilienhäuser. Im Zentrum ein perfekt geschwungener Swimmingpool, in dem sie nie geschwommen ist, weil ein Hauch Chlorgeruch von ihm ausging, der durch die Siedlung zog. Jetzt lebt sie in Berlin. Kein Pool, aber eine Altbauwohnung mit Blick in den Himmel. Und ein neuer Mann, der sie erdet.

Sie erzählt ihm von Texas und wie sie einen Kaktus ausgegraben und mitgenommen habe und der Hausmeister habe ihr einen Topf geschenkt, in den sie ihn gepflanzt habe. Und er erzählt ihr von seiner Arbeit und wen er auf dem Nachhauseweg von der Arbeit mitgenommen und heimgefahren habe. Und wo sie noch ein Bier zusammen getrunken haben, so ein Bierchen, wie er gestern schon eins kalt gestellt hat und das er ihr jetzt eingießt und dabei das Überschäumende mit seinem Mund abzufangen versucht.

Sie sagt: »Texas war eine Flucht. Ein Umweg meines Lebens. Um nach Berlin zu kommen, musste ich über Texas reisen. In Berlin kam ich zu mir.«

»Also bist du jetzt angekommen«, sagt er.

Jetzt fühlt sie sich von Gefühlen besetzt, die eigentlich nach Texas gehören oder in die andere Zeit.

»Hallo?«, sagt er. »Hörst du mir zu? Hab ich das richtig verstanden? Jetzt bist du ganz bei dir – und vielleicht auch bei mir?«

Sie nickt. Sagt: »In Texas habe ich jeden Tag genossen. Aber irgendwo unter oder über dem fröhlichen Leben lief noch ein anderes, ein paralleles Leben voller Depression und Entbehrung durchs Leben.«

Er sagt: »Du kommst mir unendlich weit fort vor.« Und ein paar Tage später sagt er: »Warum bist du überhaupt zurückgekommen?«

»Ich wollte nicht verschwinden«, sagt sie. »Ich dachte, ich müsste mich stellen.«

»Und jetzt?«, sagt er.

»Ich weiß nicht«, sagt sie. »Ich suche etwas, das größer ist als ich. Ich bräuchte eine mythische Erfahrung. Aber wenn mein Gefühl mich nicht trügt, werde ich sie nicht in dem finden, was noch kommt, weil sie immer hinter mir liegt. Das ist traurig«, sagt sie. »So traurig, wie es für eine Frau ist, Nietzsche zu lesen oder Hölderlin.«

DEMOGRAFIE
UND GEFÜHL

Sie sprachen über das Haus, das sie vor kurzem gekauft haben. Sie und er plus Kind. Sie sprachen über die Landschaft, den Ort, die Nachbarn.

Die Mutter, die das Haus nicht gesehen hat, sagt: »Die Gegend ist schön, oder?«

»Ja, schon schön«, sagt sie. »Aber natürlich nicht zu vergleichen mit der Gegend, in der ihr lebt. Keine Luxuslandschaft«, sagt sie. »Sieh es dir selbst an.«

»Ja, unbedingt, sobald dein Vater Zeit hat, kommen wir, und«, sagt die Mutter, »das Wichtigste ist, dass du Freunde findest, such dir Freunde«, sagt sie, »da, wo du hingezogen bist, neue Freunde.«

Und wie immer hat ihre Mutter den Finger sofort in die Wunde gelegt. Mit einem Satz in mehrere Wunden gleichzeitig.

Sie ist überrascht. Auch wenn sie sich vorgenommen hat, sich nicht mehr überraschen zu lassen. Sie weiß nicht, wie sie reagieren soll, ob sie überhaupt reagieren soll. Und wieder bleibt ihr nur, sich in ihre Gefühle zurückzuziehen.

Immer wenn sie sich auf ihre Gefühle beruft, sagt sie: »Das ist nicht so einfach.«

Sie sagt es und bereut sofort, ihre Gefühle so offen ins Spiel zu bringen. Also sagt sie: »Die Leute hier sind alle viel älter, also etwas älter, so um die ...«, und weiß natürlich, dass es nicht stimmt. Bricht mitten im Satz ab. Tatsächlich ist es so, dass die Nachbarn, die auf der anderen Straßenseite, jünger sind, geringfügig, auch wenn sie schon Enkel haben. Oder die Frau mit den kurzen grauen Haaren, die jeden Morgen grüßt, als wären sie und der Hund, wenn sie an dem mit Betonsteinen gekachelten Vorgarten vorbeispazieren, Staatsgäste. Und sie grüßt zurück, wie aus einem Konvoi schwarzer Limousinen heraus. Völlig übertrieben. Und fühlt sich gegrüßt von den gusssteinernen Engelsfiguren auf ihren Wackersteingittern aus einem der drei Baumärkte zwischen den drei zu einer Gemeinde reformierten Dörfern.

Es sind die Frauen, die mit den Hunden spazieren gehen. Sie kennt die Namen der Hunde. Otto, Castor und Pollux, Lissi und Lolita. Die Namen der Herrchen kennt sie nicht. Also auch nicht die Familiennamen der Frauen. Sie müsste auf den Klingelschildern an der Straße nachschauen. Aber es ist ihr unangenehm. Auch möchte sie nicht ihre Mutter fragen, wie viele Jahre es gebraucht habe, bis *sie* die Namen *ihrer* Nachbarinnen und deren Hunde gekannt habe. Und wenn ihr Vater, der mit seinen dreiundneunzig Jahren einen völlig anderen Zeitbegriff hat als sie, und ihre Mutter, deren Reisen sie bis zu jenen Bahnhöfen führen, von denen ihr Vater in die Welt aufbricht, nie kämen, um ihr Haus anzuschauen, sie könnte es nicht: den Finger in die Wunde legen. Vielleicht – aber so einfach ist das eben nicht –, um ihre Mutter zu trösten, die Hand auf die Wunde.

WEITER NICHTS,
NICHTS WEITER

Am Abend, bevor der Hund eingeschläfert wurde, schreibt die Mutter eine SMS. *Es geht ihm endgültig schlecht. Heute Abend kommt die Tierärztin. Denk an Benno. Denk an uns.*

Die Nachricht kommt nicht überraschend, trifft sie aber mit der Wucht des Unvermeidlichen.

Benno ist krank, und er ist sechzehn Jahre alt – ziemlich alt für einen großen, kranken Hund. Doch sie ist nicht darauf vorbereitet, dass er stirbt. Die Vorstellung davon, wie er aussehen wird, wenn er tot ist, verfolgt sie.

Sie telefoniert mit ihrer Mutter.

»Er hat ein starkes Herz.« Ihre Mutter zitiert die Tierärztin. »Womöglich wird er es allein nicht schaffen. Es wird ihm wahrscheinlich nicht gelingen.«

»Was heißt *gelingen*?«

»Er hat einen starken Lebenswillen. Er kann nicht loslassen.«

Wenn es um den Tod geht, um Töten, Getötetwerden, Sterben, traut sie keinem – ihrer Mutter schon gar nicht. Sie sagt: »Ein Tier ist kein Mensch. Ein Tier leidet. Aber nicht wie ein Mensch. Tiere haben Würde, aber keinen

Begriff davon. Sie leiden, und sie haben Würde.« Sie sagt: »Man soll ein Tier nicht einschläfern, solange es nicht außer sich gerät, brüllt oder angreift vor Schmerz.« Sie sagt: »Bitte, lass Benno in Frieden sterben. Lass ihn nicht einschläfern. Bitte.«

Ihre Mutter sagt eine Weile nichts, dann: »Soll er denn leiden, nur weil du das Sterben nicht erträgst?«

Sie sagt: »Du verdrehst alles. Du bist es, die das Sterben nicht erträgt. Deshalb lässt du ihn einschläfern.«

Und weil ihre Mutter nichts erwidert, fährt sie fort mit allem, was ihr einfällt. Dass sie gelesen habe, der Moment der Geburt werde allein vom Baby im Mutterbauch bestimmt, und sie glaube, mit dem Sterben sei es ebenso. »Das Wesen bestimmt, wann es Zeit ist zu gehen oder zu sterben, zu verenden, sich aus dem Staub und zu Staub zu machen, zu krepieren«, sagt sie. »Das muss man nicht manipulieren – von außen. Denk zum Beispiel an mich«, sagt sie, »als du mich geboren hast ...«

Sinnlos.

Wenn es um Dinge des praktischen Lebens geht, ist der Kopf ihrer Mutter eine geschlossene Gesellschaft. Ein eigenes Reich, in dem Benno, der Palasthund, solange er gesund und stark war, machte, was er wollte, und nun, krank und schwach, sterben wird, wie sie es will. Die Vernunft ihrer Mutter ist eine Alleinherrscherin, die keine Audienzen vergibt.

Sie wiederholt, was die Tierärztin gesagt hat.

Nachdem sie aufgelegt haben, lässt sie ihre Assoziationen von der Leine, nennt ihre Mutter eine *Hitchcock-Mutter*, ihr Mitmischen beim Sterben *dämonisch* und ihre Deutung der Lage ein *palliatives Deckmäntelchen*. Eine Tautologie, sie weiß es. Egal, das Leben geht weiter, bis alle Familientiere verscharrt sind, weit hinten im Garten, wo die Erde von Gräbern durchlöchert ist wie bei den Etruskern.

Beim letzten Besuch im Elternhaus hat sie sich von ihm verabschiedet. Sie hat sich an sein graues, mit himmelblauen Tatzen bedrucktes Hundebett gehockt, ihn gestreichelt. Sie musste sich überwinden. Er hatte ein großes Gewächs am Kopf, das immer wieder aufbrach und blutete. Sie kniete auf dem mit italienischen Kacheln gefliesten Boden, um Adieu zu sagen. Ihr war kalt, sie konnte ihn riechen. Als sie seinen Kopf streichelte, fühlten sich ihre Hände talgig an. Benno verzog die Lefzen zu einem schiefen Grinsen; ein blöder Ausdruck drückte sich ihrer Hand entgegen. Er genoss es, und sie dachte an den Tod und schämte sich.

Die Nachricht auf dem Mobiltelefon ist bereits zwei Stunden alt. Draußen ist es dunkel. Sie simst nicht zurück. Es ist zu spät. Wahrscheinlich schläft jetzt auch sein Herz.

Am nächsten Morgen findet sie eine SMS ihrer Mutter. *Benno schläft für immer! Bitte ruf an!* Sie hat ein Foto angehängt.

Sie ruft nicht zurück. Manche Geschichten brauchen keine letzten Worte.

Einen Tag später ruft ihre Mutter an. Ob sie ihre SMS nicht bekommen habe. Sie beginnt zu weinen. Sie erzählt ihr die Geschichte, die sie ja aber, bis auf die letzten Worte, schon kennt, noch einmal von vorn.

Das Ende handelt vom Gärtner, dem lieben Herrn Gärtner. Der hat im Garten ein Grab ausgehoben. »Du weißt, wo!« Und der liebe Herr Gärtner, hat den lieben Benno, der so lieb in seinem Bettchen lag, als schlafe er nur, mitsamt dem Bettchen ins Grab gehoben. »Dann hat er zugemacht«, sagt ihre Mutter und weint wieder, und sie stellt sich vor, wie sie den Hörer in der linken Hand mit der rechten Hand abdeckt und, wen auch immer, um eine frische Packung *Tempo* bittet.

INTIME GESELLSCHAFTEN

Sie nimmt ein Glas Sekt von einem Spiegeltablett. Sie hebt es in Augenhöhe, als prostete sie jemandem zu. Sie schaut durch den aufsteigenden Perlenvorhang in den Raum, der sich zum Werbeclip für die Eleganz einer Hotellounge weitet. Sie probiert einen Schluck und findet ihn zu sauer, zu sauer für ihre Sommerpartygefühle. Sie stellt sich mit dem Rücken zu einem raumteilenden, silbergrauen Vorhang, richtet ihren Blick auf eine der Frauen. Irgendeine Ordnungskraft in ihrem Kopf muss andauernd kommentieren, ergänzen und weiterdenken und lässt nicht zu, dass die Frau auf dem wandbreiten Sofa einfach eine Frau zwischen bunten Kissen bleibt: Nein, diese Frau ist die neue Freundin des Arbeitskollegen ihres Mannes. Und das neben ihr ist ihr Sohn.

Sie sieht, wie der Sohn sich von der Frau entfernt. Sie sieht, wie die Frau einem Paar gegenüber beteuert, wie glücklich der Kleine darüber sei, dass er mitdurfte. Die Frau nimmt einen Schluck Sekt, und je mehr sie trinkt, desto lauter erzählt sie von ihm, dem Einzelkind, das, wenn es sich langweile, auf Ideen komme: Schütte, um ihn zu braten, rohen Reis in die Pfanne, und die Körnchen sprängen durch die ganze Küche. Sie habe die Aktion, um von den rußigen Fettflecken an der Decke abzulenken, den Gefühlsausbruch eines verstockten Springbrunnens genannt. Aber jetzt kann sie es ja zugeben, die Kosten der Erziehung übersteigen den Nutzen der Liebe. Sie glaubt ihr kein Wort. Die Frau ist stolz auf ihren Jungen. Jetzt legt sie sich die Hand auf den Mund und sagt: »So darf ich in seiner Gegenwart nicht ...« Aber er ist längst durch die offene Terrassentür in den Garten verschwunden. Die Frau verdreht beruhigt die Augen.

Sie denkt: Nicht zu wissen, wo der Junge sich aufhält, ist für die neue Freundin des Arbeitskollegen meines Mannes annehmbarer, als nicht zu wissen, ob er mitgehört hat, was sie sagt über ihn. Auch wenn sie nur schwärmt, ihn bewundert. Sie erinnert sie an *Tod eines Handlungsreisenden*, den Vater, der an seinem Sohn nur die schönen Seiten wahrnimmt. Als sie das gelesen hatte, glaubte sie eine Weile, dass Eltern ihre Kinder grundsätzlich nicht wahrnähmen. Nicht wahrnehmen könnten. Vielleicht hatte sie das schon immer geglaubt. Aber seither kann sie es auch verstehen. Kinder wissen, was aus ihren Eltern geworden ist, seit ihrer Kindheit. Und deshalb haben sie eine Vorstellung davon, wohin das Unglück führt. Nur Eltern wissen nicht, was aus ihren Kindern wird.

Ihre Eltern haben nie gewusst, wann sie sich verletzt gefühlt hat. Solange ihre Eltern ihre Eltern waren, hatte sie sich geschworen, ihre Tränen mit all ihrer Kraft zu unterdrücken, aber Unterdrückung war nicht gerade ihre Stärke.

Sie folgt dem Trampelpfad durch den weiten Garten zu einem hüfthohen Gehege, in dem sie den Jungen entdeckt. Sie fragt, ob sie eintreten dürfe.

Er nickt: »Ja klar. Aber aufpassen, dass keins entwischt.«

Er versucht, Meerschweinchen zu fangen. Seine ausgebreiteten Arme, seine Hechtsprünge nach den fliehenden Tieren erinnern sie an einen Fußballtorwart. Sie flüchten quiekend in alle Richtungen, verbergen sich schnaufend in den wie allein für sie angelegten Bonsai-Gebüschen – nie dicht genug, als dass der Junge die Tiere nicht aufspüren könnte.

Wenn er nach ihnen greift, versteifen sie sich, versuchen sich festzukrallen, und er muss hart zupacken.

Sie möchte weinen.

Die Mutter sitzt auf dem Sofa und erzählt Geschichten. Wer aber schützt ihren Sohn vor sich selbst. Und die Tiere, deren Herzen aus dem Leib heraus schlagen und pulsen.

»Schau mal, die haben Angst«, sagt sie.

»Nein, nein«, sagt er, »die tun nur so.«

»Siehst du nicht, wie sie Angst haben?«

»Nein«, sagt er. »Die merken, dass ich ihnen nichts antue.«

»Glaube ich nicht.«

»Doch, kannst du glauben«, sagt der Junge in einem

Ton, der keinerlei Zweifel an der Korrektheit seiner Aussage zulässt.

»Aber ihr ganzer Leib ist ein einziges pochendes Herz.«

»Das ist so bei Meerschweinchen«, sagt er und setzt ein braunes auf dem Boden ab, um sich auf die Jagd nach dem grauweißen zu machen. Jedes will er wenigstens einmal in seinem Arm gehalten haben.

Er atmet, wie Meerschweinchen atmen.

Als er eines der Rosettenmeerschweinchen erwischt, sagt sie: »Ist gut, jetzt lass mal.«

»Jedes will gestreichelt werden«, sagt er.

»Meinst du?«

»Sonst werden sie eifersüchtig.«

»Aber nein«, sagt sie. »Meerschweinchen sind nicht eifersüchtig.«

»Doch«, sagt er, »gerade Meerschweinchen. Extrem.«

Sie sieht ihn an, sagt: »Witzbold«, beginnt zu lachen.

»Nein«, sagt er. »Ohne Witz. Sie fressen sich dann gegenseitig auf.«

Sie schüttelt den Kopf, sagt: »Quatschkopf.«

»Nein«, sagt er. »Nein, kein Quatsch. Meerschweinchen sind Kannibalen.«

Er hat es im Schwitzkasten und drückt, bis ihm die Augen aus dem Kopf quellen.

»Vorsicht«, sagt sie. Sie fühlt, dass sie mit dem Rücken zur Wand steht, nichts zu sagen hat zu dem, was er sagt, nur zu dem, was er tut. Sie sagt noch einmal: »Vorsicht.«

Er lacht, streichelt das Tier mit der freien Hand. Streichelt mit schnellen, kleinen Schlägen, als wären seine Gedanken längst woanders.

Sie geht zurück zum Haus.

Im Wohnzimmer lässt sich die Mutter gerade das Glas auffüllen.

»Und?«, sagt sie mit hochgezogenen Augenbrauen. »Was macht mein Süßer?«

»Er kümmert sich um die Tiere.«

MILLIONÄR

Als sie ihn kennenlernt, ist er schon krank. Aber sie sieht in ihm den Geschäftsmann, nicht den Kranken. Den erfolgreichen Frankfurter, der sie viele Jahre später an Donald Trump erinnern wird. Die Frisur, die das schüttere Haar, das sie zu kaschieren versucht, betont, als sei sie eine Metapher für Selffulfilling Prophecy. Die etwas zu langen und zu regelmäßigen Zähne. Wenn er lacht, denkt sie: Wer weiß, wie er das viele Geld verdient hat. Vielleicht mit seinem Lachen.

Sie interessiert sich für das Auto, das er verkaufen will. Sie lernt, dass es eines von vielen ist. Der kleinste Wagen seiner Flotte, der seiner frisch von ihm getrennten Freundin. Sie ist sich nicht sicher, ob sie den Wagen kaufen will. Vielleicht braucht sie gar kein Auto. Sie wohnt in der Innenstadt. Er schlägt vor, bei einem gemeinsamen Mittagessen gemeinsam darüber nachzudenken. Sie soll ein Lokal wählen, und sie wählt ein asiatisches.

Sie haben noch kein Wort über das Auto gesprochen, haben aber *Kim Chi* (für sie) und, als er sagt, dass er mit asiatisch immer nur süßsauer verbinde, *Brugogi* für ihn bestellt. Er hasse süßsauer. Und da ihm nicht mehr viel Zeit bleibe, könne er sich ein Essen hier eigentlich nicht leisten. Er sitze nur ihretwegen hier.

»Hätte ich gewusst …«, sagt sie und fragt sich, ob er gerade vom Sterben gesprochen hat.

»Was dann?«, fragt er.

»Dann säßen wir jetzt nicht hier«, sagt sie.

»Sondern?«

»Beim Vegetarier.«

»Das Schlimme lässt sich immer noch verschlimmern«, sagt er.

Wieder dieses Lachen. Seine Witze sind keine Witze. Sein Lachen ist ein Witz. Sonst findet sie nichts an ihm. Sie überlegt, ob ihr sein Lachen genügt und: wofür?

Auf jeden Fall hat sie ihn lachend am liebsten. Vielleicht ahnt er, dass er sie zum Lachen bringen muss. Er lacht über so gut wie alles, was er erzählt.

Sie nimmt sein Lachen ernst.

Und noch etwas: Wenn er etwas in die Hand nimmt, egal, wie klein es ist, hält er es mit beiden Händen. Das mag sie so sehr an Kindern.

Zur nächsten Verhandlung fährt er in seinem vermutlich teuersten Wagen, einem *Aston Martin*, vor. Sie ist zwar sommerlich gekleidet, aber auf keinen Fall knapp. Kaum hat sie sich im schwarzen Leder niedergelassen, beginnt sie zu schwitzen. Ihre Frage nach der Klimaanlage beantwortet er lachend. Sie merkt, dass die Sitzheizung an ist, streckt den Arm aus und schaltet sie ab.

Auf der Karte seines Lieblingslokals stehen Currys und Schnitzel. Er begrüßt den indischen Wirt, klopft ihm auf den Rücken: »Hallo Taliban.«

Er lacht. Der Wirt lacht zurück.

Beim Essen wieder Geschichten: die geschiedene Frau, der einzige Sohn, die abgehakten Freundschaften, dann die und die Frau. »Ich war mit ihr in der Falle«, sagt er, oder: »… in der Kiste.«

»Klingt nach einem Sarg«, sagt sie.

Er lacht. Als er zu husten beginnt, will sie ihm auf den Rücken klopfen, fürchtet aber, falsch verstanden zu werden. Hätte er mir nicht so viel erzählt, denkt sie, könnte ich es. Sie starrt auf ihren Teller und überlässt ihn seinem Husten. Sein Kopf läuft rot an. Sie dreht sich zur Theke um, aber der Wirt ist in der Küche.

Sie kann die Begegnung nicht einordnen. Freundschaft, Beziehung, Geschäft? Nein, sie wird den Kleinwagen nicht kaufen. Wahrscheinlich. Wozu auch?

Als sich sein Atem beruhigt hat, versucht er, sein Portemonnaie aus der Hosentasche zu ziehen. Er schafft es nicht. Sie verkneift sich eine Bemerkung über zu enge Jeans.

Sie lässt sich auf ein weiteres Treffen ein. Weiß nicht so genau, warum. Wahrscheinlich ein Fehler.

Er sagt: »Absolutely. Sag ich doch. Fehler sind Prioritäten, die muss man zu setzen wissen.«

Sie bestellt eine Pastinaken- und er eine Tomatencremesuppe, und dann fängt er von Clinton an, Hillary, sagt er, die würde es allein schon deswegen irgendwann mal werden, weil sie sich gegen ihren Fremdlecker durchgesetzt habe. Ganz egal, was sonst noch alles so an ihr klebe.

Sie findet ihn nett. Vom Kleinwagen seiner Ex wird nicht mehr gesprochen.

Auch nicht beim nächsten Treffen. Sie, seine Ex, habe, sagt er, als sie ausgezogen sei, seine Uhr mitgehen lassen.

»Und?«

Er habe sie angerufen. Er lacht. Innerhalb von vierundzwanzig Stunden habe sie die Uhr bei ihm abgegeben. Sie habe geweint, und er habe sie getröstet. Dieses Mal lässt er während des Essens sein Portemonnaie auf dem Tisch liegen. Er bittet sie, seine Kreditkarte herauszusuchen und sie dem Wirt zu geben. Vielleicht, denkt sie, auch wenn er nie etwas Ähnliches angedeutet hat, macht er mich zu seiner rechten Hand. Sie fühlt sich auf merkwürdige Art bestätigt. Als hätte sie, ohne einzuzahlen, im Lotto gewonnen.

Vor dem Lokal steht sein *Vantage*. Der Schlüssel fällt ihm aus den Händen. Sie bückt sich, tastet unter dem Auto danach.

Jetzt reibt seine eine Hand die andere, und er schaut seine Hände an, als seien es Kinder, mit denen er schimpfen müsse.

LITTLE MISS LUCIFER

Die Wohnung liegt in der Prenzlauer Allee. 28 oder 29, sagt er. Er fährt Schritttempo. Ich suche die Hausnummer, rufe: »Langsamer.« Wir werden nur kurz bleiben, ein, zwei Tage. Wir wollen an die Ostsee. Ich wäre lieber in einem Rutsch durchgefahren. Aber er meinte, das sei *die* Gelegenheit für ein paar Tage Berlin.

Wir sind sehr früh am Morgen losgefahren. »Nicht über hundertfünfzig, bitte«, während er versuchte, mich in den Schlaf zu beschleunigen. Ich wurde wütend, er wurde wütend, sagte, ich würde ihm nicht vertrauen. Ich schimpfte zurück. Wie auch, wenn er hochkoche bei dem Tempo. Da verflüchtige sich noch der letzte Rest Vertrauen.

Das sei mein Problem. Meine Ängste seien mein Problem. Ich schloss wieder eine Weile die Augen und stellte mir vor, wie ich ihn, wenn wir die Fahrt überlebten, verließe.

Es wäre Stress. Erstens eine neue Wohnung suchen. Zweitens in Cafés rumsitzen, um einen Menschen zu treffen, dem ich ebenso gut gefalle wie er mir. Oder drittens ihn irgendwo in den Weiten des Internets finden. Und eigentlich, dachte ich, kommen wir doch klar. Wir lassen einander Freiheiten. Zumindest habe ich mal gesagt, er könne, wenn er wolle, eine zweite Frau haben, das würde meine Liebe nicht schmälern. Vorausgesetzt, dass er mich nicht vernachlässige. Außer dieser und jener Ex war aber keine in Sicht.

Ich nahm mir Zeit, dann fragte ich ihn, ob er glaube, dass es jeden Menschen nur einmal gebe. Er verstand es wortwörtlich, und es wurde ein Gespräch über Religion. Er sagte, er glaube nicht. »Also nicht prinzipiell nicht, aber im Detail.«

Ich sagte so leise, dass er, um es zu hören, den Fuß vom Gas nehmen musste: »Ich glaube, glaube ich, an den Gott der Unschärfe.« Sofort fixierte er mich in meiner katholischen Kindheit, und ich fragte: »Würde dir denn meine katholische Kindheit genügen? Die Engel im Plusquamperfekt, als Gottesbeweis sozusagen?«

Er lächelte, und alles war gut.

Nummer 28 ist ein schönes, zur Hauptstraße hin strahlend weiß gekalktes Haus. Er hält nicht, fährt langsam vorbei. Er ist sich nicht sicher. Rechts taucht eine Kirche auf, und er sagt: »Immanuelkirche.«

»Ich finde den Kirchturm zu spitz und die Mauern zu schwarz.«

Er fährt weiter, sagt: »Vielleicht war's auch die 31.« Seine hektische Stimme überträgt sich auf meine Stimmung. Ich schlage vor, den anzurufen, der normalerweise in der Wohnung wohnt. Der arbeite. Außerdem sei er jetzt der Freund einer früheren Freundin. »Nicht seiner«, sagt er, »meiner.«

»Willst du sie vielleicht anrufen?«

»Ruf du sie an«, sagt er.

»Ich kenne sie doch nur vom Sehen.«

»Du hast ihr die Hand geschüttelt. Die mit den glatten roten Haaren, die, die sofort erzählt hat, dass es bei der Arbeit nicht laufe, wie es sollte. Die Arbeit nicht und der Chef auch nicht. Die, die dann entlassen wurde.«

»Ich kenne sie doch kaum«, sage ich und erinnere mich an eine elegante junge Frau. Ich habe sie unter *nett* gespeichert. Nett wie *bedauernswert*, weil er mir vorher erzählt hatte, wie schwer ihr alles falle.

Ich frage mich, warum mir Leute mit Problemen lieber sind als Leute, die Probleme lösen. Die Problemlösertypen sind mir suspekt. Wenn ein Problemlösertyp ein Problem nicht lösen kann, fühlt er sich total vernichtet. Wie ein Kind, dem das Vögelchen, das es durchzufüttern versucht hat, in der Hand weggestorben ist.

Wir nehmen den nächsten freien Parkplatz. Ich schlage vor, zuerst die Wohnung zu finden, dann das Gepäck zu holen. Doch er hat schon den Kofferraum geöffnet. Wir nehmen nur das Nötigste, davon ich so viel als möglich, Tüten mit Lebensmitteln und Gewürzen, die Kissen, das Waschzeug, den Laptop. Wir laufen los und wissen nicht genau, wohin.

Vor dem Eingang zu Nummer 30 sagt er, es könne auch die Nummer 29 sein. Er bleibt stehen. Er glaubt jetzt, es sei die 28, Seitenflügel.

Ich will die Straßenseite wechseln. Er sagt, in Berlin liefe es anders, von der Stadtmitte hin aufwärts und vom Ende der Straße her wieder abwärts. »Nicht die Hausnummern, die Richtung.«

Die 29 ist ein Vorderhaus, aber es gibt 29-1 und -2.

»Welches Stockwerk?«, frage ich.

»Keine Ahnung«, sagt er.

Wir steigen Treppen. Er zählt die Stufen. Er zählt, seit er sich an sich erinnern kann. An den Türen Generationen von Namensschildern. Es ist dunkel und stickig. Je weiter wir hochsteigen, desto mehr staut sich die Luft. In der Wärme steigt der Staub nach oben. Steigt und steigt, bis ich mir das Kühle und Kalte als ein Gottesgeschenk wünsche.

Vierter Stock. Er öffnet die Wohnungstür mit einem Generalschlüssel. Wir stehen vor einer Wand, einer leicht gerundeten, die in einen sich lang hinziehenden Gang führt. Nach vorn öffnet sich die Küche ins Licht. Dahinter zwei Türen. Er entscheidet sich für die rechte und schlägt sie so schnell wieder zu, dass ich denke, er habe ein Liebespaar überrascht.

»Nein«, sagt er, »das ist es mit Sicherheit nicht.« Das andere Zimmer ist es auch nicht. Wenn man einen Menschen kennt, weiß man, wie sein Zimmer nicht aussieht. Sein

Zimmer ist sein Innerstes. Das gegenüberliegende ist verschlossen.

Während wir den Gang zurücklaufen, frage ich mich, wie gut er diesen Bekannten eigentlich kennt, und sage: »Du kennst ihn doch kaum.«

»Aber seine Freundin«, sagt er.

Ich sage nichts mehr, öffne das letzte, nach hinten zum Hinterhof gelegene Zimmer, das durch eine Flügeltür mit einem kleineren, lichtdurchfluteten Zimmer verbunden ist. Ein Zimmer zu einem weiteren, nordwestlich liegenden Hinterhof.

Gemütliche Leere. In den breiten Fugen der hellen Kiefernholzdielen der Staub aus dem letzten Jahrhundert. Ein Doppelbett und Regale bis zur Decke voller Bücher.

Ich trete ans Fenster. Direkt vor mir der schwarze Kirchturm der schwarzen Kirche, der mich an eine verbrannte Frau erinnert. Doppelfenster, deren äußere sich noch nach außen öffnen. Ich mag den Raum zwischen den Scheiben. Wie ein Flimmern löst er in mir die nicht beantwortet werden wollende Frage aus, wohin er gehört: zum Draußen oder Drinnen. Auf jeden Fall ist er eine Art Niemandsland. Jetzt ist es Sommer und heiß und schwül, und die Mauersegler rasen mit diesen irre hohen Tönen um den Turm herum. Ich sage, weniger zu ihm, als um zu mir zurückzufinden: »Ihr Schwirren gehört zu Berlin wie die Grillen zu Texas.«

Ich laufe an den Regalen entlang, sehe Titel, die ich immer schon lesen wollte, und andere, die längst zu meinen Lieblingsbüchern gehören. Ich ziehe *Herz der Finsternis* aus dem Regal und freue mich auf die zwei Tage, die wir bleiben werden. Ob es in zwei Tagen zu schaffen ist? Wahrscheinlich nicht. Ich schiebe es zurück, ziehe ein anderes heraus, das ich auch nicht schaffen werde, aber da ich es kenne, denke ich, egal. Ich werfe es aufs Bett, lege mich daneben und sage: »Die Matratze ist gut und die *Reise ans Ende der Nacht* zu Ende.«

Er will raus, essen gehen. Ich gehe mit. Er fragt, worauf ich Lust hätte.

In einer der Parallelstraßen finden wir ein vegetarisches Café. Vegetariern vertraue ich blind. Ich halte sie für einfühlsame Menschen. Ich kann mir nicht vorstellen, von einem Vegetarier betrogen zu werden. Ein zu hartes Urteil. Hart und weich zugleich, wie die Gedichte von William Carlos Williams in *Der harte Kern der Schönheit*. Ich weiß, dass es ein Vorurteil ist. Ich bestelle braunen Reis, Gemüse und Salat, er Bratkartoffeln und Spiegelei, überbacken mit Ziegenkäse. Ich schaue auf die Straße hinaus, frage, ob er glaube, dass es regnen werde. Er schüttelt den Kopf. Ich sage: »Gut, dass wir hier sind.«

Er nickt.

Manchmal reden wir nichts, weil alles schrecklich ist und Wörter nichts retten. Jetzt reden wir nichts, weil es perfekt ist und Wörter nur störten. Oft denke ich, während wir reden, dass wir reden, um Situationen zu schaffen, die das Reden überflüssig machen.

Wir gehen zurück in Richtung Prenzlauer Allee. An der roten Ampel stehend sagt er, er wolle ein Bier trinken gehen. Vielleicht Freunde von früher treffen. Ich sage, ich sei zu müde. Er gibt mir den Wohnungsschlüssel, sagt: »Bitte nicht einschlafen, ich muss ja klingeln.«

Ich gehe noch einmal an den Regalen entlang. Ich liebe Autoren, die über Ärzte schreiben. Aber noch lieber sind mir die, die selbst welche sind. Und hier stehen sie, Büchner und Czechov und Benn und Williams, nebeneinander. Ich werfe einen Blick auf den Schreibtisch, auf dem ein Flyer liegt, der mich neugierig macht. Das Programm eines Off-Theaters. *Little Miss Lucifer*, steht da. *Where did the bad man touch you?* Ich lege mich ins Bett, beginne Cechovs letzte Erzählung, *Die Braut*, zu lesen, schlafe ein und erwache, als es Sturm klingelt.

WER BIN ICH?

Sie kann die Frage schon deshalb nicht leiden, weil es so viele Antworten darauf gibt. Zu viele Antworten sind wie gar keine. Bin ich die, die mir stumm aus dem Spiegel entgegenschaut?

Jede Minute neu, anders. 1440 Mal am Tag.

Sie fühlt sich völlig überfordert. Muss dringend abstrahieren, vom Kleinen ins Große. Doch ihr fehlt die zwingende Formel.

Sie erinnert sich an den jungen Professor, mit dem sie im ICE zu Mittag gegessen hat. Alles war perfekt an ihm, und während sie still seine Perfektion bewunderte, sprach er von der Eleganz und Schönheit mathematischer Formeln.

Genau eine solche Formel in elegantem Outfit bräuchte sie jetzt dringend.

Ihr bleibt nichts anderes übrig, als vom praktischen Leben auszugehen.

Na, immerhin spricht sie inzwischen mit sich selbst. Sie sieht es im Spiegel und hört es mit eigenen Ohren. Sie sagt: Zwar erlaubt mir mein praktisches Leben nicht, vierundzwanzig Stunden lang jede Minute einmal in den Spiegel zu schauen. Aber ich will es ja auch gar nicht. Ich habe ja auch gar keine Lust dazu. Ich will, dass die Lust entscheidet.

Sie ist vielleicht, zumindest nach den neuen Erkenntnissen der Hirnforschung, nicht *Herr ihres Willens*, aber für die Lust, für das *Prinzip Lust*, entscheidet sie sich frei.

In diesem Moment ist sie rundum einverstanden mit sich. Es spielt keine Rolle mehr, ob es sich um eine Frage oder eine Antwort handelt. Wer sie ist, entscheidet sich, wenn die Dämmerung sich wie Seide auf ihre Haut legt.

EIN- UND AUSATMEN

Am Morgen hatte es geregnet. Jetzt, in der durchdringenden Sonne, bewegte sich die Trauergesellschaft, zu der mich die Witwe eingeladen hatte, zwischen den dampfenden Gräbern auf den öden Betonbau der Beerdigungshalle zu. Ein endloser Weg, der zu keinem Toten in keinem Sarg führte.

Ein letztes Gebet für den *Dahingegangenen*. Ich betete dafür, hier nie liegen zu müssen. Betete dafür, nie Asche zu sein in einer dieser vom ansässigen Kupferschmied noch handgetriebenen Urnen. Betete dafür, am Ende nicht auf diesem Kunstwerk von letztem Tisch abgestellt zu werden. Nicht für eine Minute.

Die Grabsteine in Reih und Glied niedergefallen. Tote Pflanzen in ausgemusterten Vasen und verwitterten Einweckgläsern. Der zu grauem Splitt geschredderte Basalt knirschte unter den Stiefeln. Ich sah mich um und sah, dass die Leute ihre Toten nicht mochten. Ich betete dafür, nicht in diesem Leben begraben zu sein.

Die Mehrheit der Trauergäste war nicht verwandt mit dem Toten, dem Zugezogenen. Es waren Leute aus der Nachbarschaft. Ich kannte ihre Gesichter vom Grüßen.

Die Witwe hatte in die Bäckerei Eiffler geladen. Auf jedem der reservierten Stehtische, einen Hauch zu hoch, um sich aufzustützen, standen je zwei Thermoskannen, flankiert von je vier quadratischen, an den Ecken leicht aufgeschwungenen Untertassen. Auf jeder je ein hochgeliertes Erdbeer- und ein hochgeliertes Johannisbeertörtchen. Ich mochte weder das eine noch das andere und auch nicht den Durchgangsverkehr, der die Törtchen zum Zittern brachte. Ich mochte sie nicht und auch nicht, dass sie in meinen Augen zu einem erschöpften Brautpaar verschmolzen und dass die Witwe mir anbot, das meine mit einer Haube selbstgeschlagener Sahne zu krönen.

HEUTE AUS DALLAS

Am Abend ruft er zurück. Sie teilt ihm mit, dass die belgische Regierung am Morgen beteuert habe, belgische Atomkraftwerke seien sicher. Die Regierung habe außerdem bekannt gegeben, sie werde Jodtabletten an die Bevölkerung verteilen. Sie sagt, sie verstehe es nicht. Es ergebe keinen Sinn.

Sie wartet darauf, dass er etwas sagt, etwas Witziges, und lacht. Aber er sagt nichts und lacht nicht. In der Leitung knistert es. Sie denkt an den Atlantischen Ozean und die Entfernung und die in Wellen übertragenen Stimmen, die sich in menschliche Dimensionen zurückübersetzen lassen.

»Aber du bist doch keine Belgierin«, hört sie ihn. Wie müde er klingt.

»Nein«, sagt sie. »Ich gehöre nicht zur Zielgruppe. Und die Regierung redet von Kindern und Jugendlichen, von Schwangeren und stillenden Müttern. Die über Vierzigjährigen, heißt es, sollen sowieso keine Jodtabletten mehr schlucken. Warum auch immer.«

»Nach Tschernobyl«, unterbricht er sie, »waren in Dallas die Jodtabletten ausverkauft. Erinnerst du dich? Keine einzige mehr zu bekommen.« Und ob sie sich auch erinnere, wie schlecht sie sich gefühlt habe, weil sie keine Jodtabletten bekommen hatte.

»Klar«, sagt sie und will hinzufügen, dass das nächste belgische Atomkraftwerk etwa zweihundertfünfzig Kilometer von ihrem Wohnort entfernt liegt, aber da sagt er, sie solle sich keine Sorgen machen. Und lacht, ohne einen Witz gemacht zu haben.

Immerhin, denkt sie. Aber es klingt nicht wie früher. Irgendetwas ist anders. Vor dreißig Jahren hat er sie beruhigt: Sie bräuchten kein Jod. Ob sie denn die Schildkröte *Bert the Turtle* nicht kenne. Er hat lachend eine Melodie gesummt. Sie hat den Kopf geschüttelt, und er hat es gesungen: *Duck and cover*. Und es wiederholt und neu angesetzt und einen Kratzer in der Schallplatte imitiert und Grimassen geschnitten. Sie hatten sich schiefgelacht über dieses Lied aus einer Zeit vor der ihren. Er hatte Fotos von seinen Eltern als Teenager gezeigt. Seine Mutter mit langen Haaren wie Rita Hayworth als Highschool-Sweetheart seines Vaters. Sie hatten Witze über die kaum zu überbietende Naivität ihrer Vorfahren gerissen.

NACH DER LESUNG

Nach einer Lesung, in einer süddeutschen Kleinstadt, für die der Veranstalter sie als in Frankfurt am Main lebende Malerin und Übersetzerin angekündigt hatte, wollte sie sich sofort in einem eigenen Text verstecken – einem radikal abstrakten Roman, in dem die Menschen aus eigenem Willen so weit wie möglich voneinander entfernt leben. Das verbindende Element, ihre Sehnsucht, würde in die Sprache fließen. Wie die, die sie sich auf ihrem Grabstein wünscht: *Sie war ein butterweicher Samthandschuh, der mich tief berührt hat.*

ZU EIN UND DEMSELBEN ZIEL

Sie wählt die Nummer, nennt ihren Namen, sagt, sie brauche ein Taxi.
»Wohin?«
»Tegel.« Pause. »Jetzt gleich.« Pause. Sie nennt Straße und Hausnummer.
Die Frau am anderen Ende fragt nach der Telefonnummer. Sie gibt ihre Mobilnummer an. Die Frau spricht sehr schnell. Sie selbst spricht sehr langsam, weil sie glaubt, die Frau notiere, was sie sagt. Und weil sie aus Süddeutschland kommt.
»Und wie lange wird es dauern?«, fragt sie.

Im Internet findet sie einen günstigen Cab-Service. Sie klickt sich durch, füllt alle Felder aus. Als sie den Auftrag abschickt, wird sie nach ihrer Kreditkartennummer gefragt. Sie will ihre Kreditkartennummer nicht angeben. Sie schließt das Fenster. Probiert ein anderes Unternehmen. Füllt aus. Adresse, Uhrzeit et cetera. Aber am Schluss wird wieder die Kreditkartennummer verlangt.
Sie ruft an, sagt, sie möchte den Wagen für morgen vorbestellen und cash zahlen.

»Okay«, sagt der Junge vom Service. Er nimmt Adresse und Telefon auf. »Und die Kreditkartennummer?«

»Nein, cash«, sagt sie.

»Geht in Ordnung. Aber wir brauchen die Kreditkartennummer.«

Sie gibt nach.

Vor dem Mehrfamilienhaus in der Pasteurstraße wartet sie auf ihr Taxi. Es ist ein windiger Tag, und sie zieht den Reißverschluss ihres Anoraks hoch. Ihre Haare fliegen in alle Richtungen. Sie hasst Wind im Allgemeinen. Und diesen besonders, weil er nicht von den Bergen fällt, weil er plötzlich um die Ecken kommt und immer von unten, weil er nach Hundescheiße riecht, und wenn nicht, dann nach ranzigem Bratfett.

Das Taxi kommt ein paar Minuten zu spät.

Der Fahrer sagt, der Wind sei schuld, und fängt an zu lachen und lacht noch im Rückspiegel, als er losfährt. »Da hammer wat zu lachen, wa?«

»Hm-m«, sagt sie.

Wenigstens fließt der Verkehr. Sie wird rechtzeitig in Tegel sein.

Der Taxifahrer sagt, sie habe sich keinen guten Tag zum Fliegen ausgesucht. »Und wohin soll's gehen?«

»Nach Frankfurt.«

»Oder?«, sagt er.

»Nein, alternativlos«, sagt sie.

»Frankfurt an der Oder!«

»Ach so, nein, Main, Frankfurt am Main.«

Alle Wessis sagten nur Frankfurt. Aber schon klar, an die Oder brauche man ja auch nicht zu fliegen.

»Okay.«

»Sehn Se«, sagt der Taxifahrer, »ham Se wieder wat jelernt.«

Sie steht auf der 81. unter dem Blütenregen einer Robinie. Kein Wagen in Sicht. Auch wenn es in NY nicht unüblich ist, zu spät zu kommen, wird sie unruhig. Ihr schwerer Koffer steht oben in der Wohnung. Sie wird den Fahrer um Hilfe bitten. Ein dunkler Wagen mit der Aufschrift *Lincoln Limousines* biegt um die Ecke.

Sie winkt.

Der Fahrer schüttelt den Kopf, während er im Schritttempo an ihr vorüberfährt. Zwei Häuser weiter hält er an. Eine Frau rollt einen Koffer aus dem Entree, und der Fahrer hebt ihn in den Kofferraum.

Sie flucht, rennt die Treppe hinauf. Zum Glück hatte sie den Computer nicht ausgestellt. Sie wählt die Service-Nummer. Besetzt.

Sie verlässt ohne ihr Gepäck die Wohnung, das Haus, läuft hinüber zur Lexington Avenue. Sie ist eine Ameise, eine von … sie hat vergessen, welcher Art, die welche Art vernichtet oder versklavt oder als Eiweißbombe an ihre Königin verfüttert, und sie wird aus dieser Stadt nicht rauskommen ohne Taxi. Die Yellow Cabs rauschen vorüber, die Fahrer schauen stur geradeaus. Sie wird einfach nicht wahrgenommen.

Dann doch.

»Wohin?«, fragt der Fahrer.

»JFK.«

»Oh«, sagt er, »ich fahre nach Queens. Feierabend. Eine Schande, dass ich eine so gute Fahrt verpasse!« Er gibt ihr den Rat, keinem Taxi zu winken, bei dem das Off-duty-Lämpchen brenne.

Doch bei fast allen brennt das Off-duty-Lämpchen.

Irgendwann hält ein Wagen. Sie reißt die Tür auf.

»JFK.«

»Okay.«

Sie müsse nur noch den Koffer aus der Wohnung holen. Haus 23, sagt sie.

Der Fahrer fragt, ob sie eine Toilette habe.

»Ja klar.«

»I have to take a leak.«

Sie schaut ihm kurz in die Augen. »Ja klar.« Dann kommt es ihr komisch vor, und sie sagt: »Leak? What do you mean you have to take a leak?«

»To leak«, sagt er. »To water, you know.« Es ist ihm peinlich.

»Oh. Yes, sure«, sagt sie.

Sie läuft zum Haus Nummer 23 zurück. Ihr fällt ein, dass die Toilette ihrer Wohnung keine Tür hat. Nur einen bis in Kniehöhe hochgeknoteten Vorhang. Ihr wäre lieber, der Fahrer käme nicht in die Wohnung.

Als sie ankommt, steht der Wagen schon vor der Tür.

Der Fahrer meint, er würde lieber warten, im Wagen, und an der nächsten Tankstelle halten.

Jetzt, wo er vermutlich ihretwegen nicht zum Pinkeln in die Wohnung kommt, kann sie ihn schlecht fragen, ob er ihren Koffer die Treppe runterschleppt.

Sie rennt die Treppe hinauf. Mitten im Zimmer steht der Koffer. Sie schaltet den Computer aus, kontrolliert die Fenster, schließt die Tür hinter sich. Schleift den Koffer über die Stufen nach unten.

Draußen nichts, kein Auto, kein Fahrer. Keine Zeit, sich aufzuregen. Sie schiebt den Koffer zurück in den Hausflur, stellt fest, dass eine der Rollen defekt ist, rennt wieder hinüber zur Lexington. Daumen raus wie zu Tramperzeiten.

»Ein Ossi«, sagt der Taxifahrer, »weiß genau, wo Stuttgart liegt, München, Hamburg, you understand? Bonn sowieso. Ein Wessi weiß so gut wie nichts über die DDR.« Neulich habe er Besuch gehabt. Entfernter Verwandter aus der Nähe von Osnabrück, studierter Lehrer. Er habe ihn im Kinderzimmer untergebracht, gedacht, hoffentlich macht ihm das nichts aus, dass er im Kinderzimmer im Kinderbett schlafen muss. Aber der habe da gar nicht mehr rauskommen wollen aus dem klitzekleinen Kinderzimmer. Hat am Kinderschreibtisch gesessen, in die alten DDR-Schulbücher der Kinder gestarrt und andauernd gesagt: Ich hatte ja keine Ahnung, keine Ahnung von nix. Der Fahrer lacht. »Das sollte jeder Wessi mal, 'ne Weile DDR-Schulbank drücken, wa?«

Es dauert, bis das nächste Taxi hält. Der Fahrer hat einen blauschwarzen Vollbart und trägt einen blassroten Turban.
 »JFK«, ruft sie atemlos.
 Er hilft ihr mit dem lädierten Koffer, sagt: »Hop in.«
 Im Rückspiegel treffen sich ihre Blicke.
 »You look so worried.«
 Sie sagt, dass sie ihren Flug nicht verpassen dürfe und glücklich sei, dass er ihr helfe.
 Es sei seine Pflicht. Wenn ein Fahrgast wohin wolle, müsse der Fahrer ihn bringen. Und er fahre oft auch ältere Leute und wisse, was Respekt sei. Dann schweigt er.
 Er ist das große Los. Aber es schmerzt, dass ihrem Abflug nichts mehr im Weg stehen wird.

INHALT

Wie sie tickt 7
Nachtigall 13
Fluxus 16
Der verzweifelte Versuch,
   die Zeit totzuschlagen 18
Die langen Schatten der Wälder 20
U-Bahn 23
High Noon 24
Freunde von früher 27
Zwei Spinnen 32
Die Theodorus-Konstante 37
Ohne Grund 40
Kätzchen 43
Auftakt 45
Wie die Dinge liegen 46
Nur zum Beispiel 49
Insideralphabet 52
Klares Wasser 55
Einkaufen, kochen, essen, schlafen 57
Der Schlüssel zur Lösung 59
Online 60

Senden und trennen 62

Gebrauchsanweisung 63

Decke aus Yak-Haar 65

Federn 66

In der Zeitung 67

Abstillen 68

Keine Angst vor Schlangen 70

Als ich Andy Warhol traf 75

Natur und Kunst 80

Träume 84

Eindeutiger Versuch einer Verführung 86

Geld 87

Ihre Wirklichkeit 91

Zum x-ten Mal 93

plopp 94

Alias 95

Meine Zeit 96

Anders als all die anderen 99

Abstract 101

Unterwegs zuhause 108

Entweder oder 109

Uns beide 110

Begegnung 111

Aus der Schublade 112

PPS 114

Denken und sprechen 117

Zeitverzögerung 118

Demografie und Gefühl 120
Weiter nichts, nichts weiter 123
Intime Gesellschaften 127
Millionär 132
Little Miss Lucifer 136
Wer bin ich? 143
Ein- und Ausatmen 145
Heute aus Dallas 147
Nach der Lesung 149
Zu ein und demselben Ziel 150